KB127687

시와 반시

POEMAS Y ANTIPOEMAS

시와 반시

니카노르 파라 지음
박대겸 옮김

일러두기

1. 이 책은 Nicanor Parra의 ***Poemas y Antipoemas***(1954)를 우리말로 옮긴 것이다.
2. 작품의 이해를 위해 원문과 병렬 구성하였다.
3. 본문의 주는 모두 옮긴이의 것이다.

차례

III

I

SINFONÍA DE CUNA

Una vez andando
Por un parque inglés
Con un angelorum
Sin querer me hallé.

Buenos días, dijo,
Yo le contesté,
Él en castellano,
Pero yo en francés.

Dites moi, don angel,
Comment va monsieur.

Él me dio la mano,
Yo le tomé el pie:
¡Hay que ver, señores,
Como un ángel es!

Fatuo como el cisne,

요람 교향곡

영국 공원을
걷다가 한번은
예기치 않게
천사와 조우했지.

안녕하신가, 그가 말했고,
나도 그에게 답했는데
그는 스페인어로,
하지만 나는 프랑스어로.

Dites moi, don angel,
Comment va monsieur.•

그가 나에게 손을 내밀었고,
나는 그의 발을 잡았지.
이것 좀 보라지, 여러분,
천사가 이럴 줄이야!

백조 같은 허세꾼,

Frío como un riel,

Gordo como un pavo,

Feo como usted.

Susto me dio un poco

Pero no arranqué.

Le busqué las plumas,

Plumas encontré,

Duras como el duro

Cascarón de un pez.

¡Buenas con que hubiera

Sido Lucifer!

Se enojó conmigo,

Me tiró un revés

Con su espada de oro,

Yo me le agaché.

Ángel más absurdo

Non volveré a ver.

철길 같은 냉혈한,

거위 같은 지방덩이,

당신 같은 추남.

나는 조금 놀랐지만

덤벼들진 않았지.

그한테 깃털이 있나 보다가,

깃털을 발견했어,

냉동식품 같은 단단함

물고기의 껍질.

루시퍼였다면

얼마나 좋았을까!

그는 나에게 역정을 내더니,

자신의 황금 칼로

나를 내리쳤고,

나는 몸을 웅크렸지.

더없이 부조리한 천사

다시는 보지 않으리.

›

Muerto de la risa
Dije good bye sir,
Siga su camino,
Que le vaya bien,
Que la pise el auto,
Que la mate el tren.

Ya se acabó el cuento,
Uno, dos y tres.

›

소멸된 웃음

나는 말했지 good bye sir,

가던 길을 가시게,

안녕히 가시길,

자동차를 짓밟고,

열차를 파괴하며.

이제 이야기는 끝났어,

하나, 둘, 셋.

• (불어) 어쩐 일로, 천사 님이, / 잘 지내십니까.

DEFENSA DEL ÁRBOL

Por qué te entregas a esa piedra
Niño de ojos almendrados
Con el impuro pensamiento
De derramarla contra el árbol.
Quien no hace nunca daño a nadie
No se merece tan mal trato.
Ya sea sauce pensativo
Ya melancólico naranjo
Debe ser siempre por el hombre
Bien distinguido y respetado:
Niño perverso que lo hiera
Hiere a su padre y a su hermano.
Yo no comprendo, francamente,
Cómo es posible que un muchacho
Tenga este gesto tan indigno
Siendo tan rubio y delicado.
Seguramente que tu madre
No sabe el cuervo que ha criado,
Te cree un hombre verdadero,

나무 보호

왜 그 돌멩이를 만지작거리니
아몬드 모양의 눈을 한 꼬마야
나무에 돌멩이를 던지려는
못 돼먹은 생각을 하는 거니.
아무에게도 해를 입히지 않는 사람은
그렇게 나쁜 일을 겪지 않는단다.
사려 깊은 버드나무는 이제
우울한 오렌지나무는 이제
사람들이 항상
잘 가꾸고 돌봐야 한다.
나무를 상처 입히는 심술궂은 아이는
아버지와 형제를 상처 입히지.
이해가 안 된다, 솔직히,
그토록 잘생긴 금발의 소년이
그토록 어리석은 행동을 하는 것이
어떻게 가능한 건지.
분명 네 어머니는
자신이 까마귀를 키웠다는 것도 모르고,
네가 진실한 사람이라고 믿으시겠지,

Yo pienso todo lo contrario:

Creo que no hay en todo Chile

Niño tan mal intencionado.

¡Por qué te entregas a esa piedra

Como a un puñal envenenado,

Tú que comprendes claramente

La gran persona que es el árbol!

Él da la fruta deleitosa

Más que la leche, más que el nardo;

Leña de oro en el invierno,

Sombra de plata en el verano

Y, lo que es más que todo junto,

Crea los vientos y los pájaros.

Piénsalo bien y reconoce

Que no hay amigo como el árbol,

Adonde quiera que te vuelvas

Siempre lo encuentras a tu lado,

Vayas pisando tierra firme

O móvil mar alborotado,

Estés meciéndote en la cuna

O bien un día agonizando,

Más fiel que el vidrio del espejo

나는 정반대로 생각한다.
칠레를 통틀어도 없을 거다
그토록 마음씨 나쁜 아이는.
나무가 좋은 인간이라는 것을
너는 똑똑히 알고 있으면서,
왜 그 돌멩이를 만지작거리니
독이 묻은 비수와 같거늘!
우유보다도 더, 월하향보다도 더
기쁨의 열매를 주는 나무란다,
겨울엔 금빛 장작,
여름엔 은빛 그늘을 주는데다
그리고, 여기에 더해,
바람과 새들을 불러 모으지.
곰곰이 생각해보고 받아들이렴
나무 같은 친구는 없다는 것을,
네가 가고 싶은 곳이 어디든
나무가 항상 네 곁에 있다는 것을,
네가 굳건한 대지를 거닐거나
풍랑이 거센 바다에서 요동칠 때에도,
요람에서 흔들리고 있거나
무척이나 번민하는 날에도,
거울보다 정직하게

Y más sumiso que un esclavo.

Medita un poco lo que haces

Mira que Dios te está mirando,

Ruega al señor que te perdone

De tan gravísimo pecado

Y nunca más la piedra ingrata

Salga silbando de tu mano.

노예보다 고분고분하게 말이지.

네가 한 일에 대해 조금만 살펴보렴

하느님이 널 지켜보고 있으니,

그분께 용서해달라고 빌어라

그토록 막심한 죄를,

그리고 그 거슬리는 돌멩이가 더는 결코

네 손에서 룰루랄라 빠져나오는 일이 없기를.

CATALINA PARRA

Caminando sola
Por ciudad extraña
Qué será de nuestra
Catalina Parra.

Cuánto tiempo ¡un año!
Que no sé palabra
De esta memorable
Catalina Parra.

Bajo impenitente
Lluvia derramada
Dónde irá la pobre
Catalina Parra.

¡Ah, si yo supiera!
Pero no sé nada
Cuál es tu destino
Catalina Pálida.

카탈리나 파라•

낯선 도시를
홀로 걸으면서
무엇이 될 것인가 우리의
카탈리나 파라는.

벌써 일 년이라니!
무슨 말을 할 수 있으랴
이토록 기억에 생생한
카탈리나 파라에 대해서.

고집스럽게 흩뿌리는
빗방울 아래
어디로 갈 것인가 가엾은
카탈리나 파라.

아, 내가 알았더라면!
하지만 무엇이 너의 운명인지
아무것도 알 수 없다
창백한 카탈리나야.

Sólo sé que mientras
Digo estas palabras
En volver a verte
Cifro la esperanza.

Aunque sólo seas
Vista a la distancia
Niña inolvidable,
Catalina Parra.

Hija mía, ¡cuántas
Veces comparada
Con la rutilante
Luz de la mañana!

Ay, amor perdido,
¡Lámpara sellada!
Que esta rosa nunca
Pierda su fragancia.

내가 할 수 있는 것이라고는
너를 다시 만날 때까지
이런 말들을 읊조리며
희망을 바라는 것뿐.

비록 너는
먼 곳에 있지만
잊을 수 없는 소녀구나,
카탈리나 파라야.

나의 딸,
얼마나 자주
눈부신 아침 태양에
너를 비교했는지!

아, 그리운 내 사랑,
봉인된 등불!
이 장미는 결코
그 향기를 잃지 않으리.

• Catalina Parra(1940~): 칠레 출신의 독학한 예술가. 몽타주 사진 기법을 이용하여 피노체트 독재 시기에 저항 운동을 펼쳤다. 페미니스트이자 휴머니스트이고, 니카노르 파라의 첫째 딸이다.

PREGUNTAS A LA HORA DEL TÉ

Este señor desvaído parece
Una figura de un museo de cera;
Mira a través de los visillos rotos:
Qué vale más, ¿el oro o la belleza?,
¿Vale más el arroyo que se mueve
O la chépica fija a la ribera?
A lo lejos se oye una campana
Que abre una herida más, o que la cierra:
¿Es más real el agua de la fuente
O la muchacha que se mira en ella?
No se sabe, la gente se lo pasa
Construyendo castillos en la arena:
¿Es superior el vaso transparente
A la mano del hombre que lo crea?
Se respira una atmósfera cansada
De ceniza, de humo, de tristeza:
Lo que se vio una vez ya no se vuelve
A ver igual, dicen las hojas secas.
Hora del té, tostadas, margarina.

차 마시며 하는 질문들

이 노쇠한 선생은 마치
박물관의 밀랍 인형 같다.
찢어진 커튼 사이로 보라.
무엇이 더 귀한가, 황금? 아니면 미美?
더 귀한 건 흐르는 개울물인가
아니면 강가에 뿌리박고 있는 잡초인가?
멀리서 들려오는 종소리는
상처를 헤집어놓거나 아물게 한다.
더 현실적인 건 샘물인가?
아니면 샘물에 비치는 소녀인가?
알 수 없다, 인간은 스쳐 지나가며
모래성을 쌓아 올릴 뿐.
인간의 손으로 만든 투명한 유리잔,
그것이 더 뛰어난 것인가?
잿가루 섞인, 눅눅하고 구슬픈,
피곤에 찌든 대기를 들이마신다.
메마른 이파리들이 말한다, 한번 본 것은
더 이상 같아 보일 수 없다고.
차를 마시는 시간, 토스트, 마가린.

Todo envuelto en una especie de niebla.

모든 것이 어떤 안개 따위에 휩싸인다.

HAY UN DÍA FELIZ

A recorrer me dediqué esta tarde
Las solitarias calles de mi aldea
Acompañado por el buen crepúsculo
Que es el único amigo que me queda.
Todo está como entonces, el otoño
Y su difusa lámpara de niebla,
Sólo que el tiempo lo ha invadido todo
Con su pálido manto de tristeza.
Nunca pensé, creédmelo, un instante
Volver a ver esta querida tierra,
Pero ahora que he vuelto no comprendo
Cómo pude alejarme de su puerta.
Nada ha cambiado, ni sus casas blancas
Ni sus viejos portones de madera.
Todo está en su lugar; las golondrinas
En la torre más alta de la iglesia;
El caracol en el jardín; y el musgo
En las húmedas manos de las piedras.
No se puede dudar, este es el reino

행복한 하루

오늘 오후는 쏘다니기로 작정했다
우리 동네 고독한 골목들을
나에게 남은 유일한 친구인
타는 저녁놀과 함께.
모든 것이 그때와 같다, 가을과
안개 자욱한 가로등,
다만 창백한 슬픔의 망토로
시간이 모든 것을 덮어버렸을 뿐.
친애하는 이 대지를 다시 보리라고는
한순간도, 내 말을 믿으시길, 결코 생각하지 않았다,
그러나 지금 나는 되돌아왔다
어떻게 집을 떠날 수 있었는지 납득하지 못한 채.
바뀐 것은 없다, 하얀 집들도
오래된 목제 대문들도.
모든 것이 제자리에 있다, 교회의
가장 높은 탑에 있는 제비들,
정원의 달팽이, 그리고 비석에 낀
축축한 손 같은 이끼.
의심할 여지 없이 이곳은

Del cielo azul y de las hojas secas
En donde todo y cada cosa tiene
Su singular y plácida leyenda:
Hasta en la propia sombra reconozco
La mirada celeste de mi abuela.
Estos fueron los hechos memorables
Que presenció mi juventud primera,
El correo en la esquina de la plaza
Y la humedad en las murallas viejas.
¡Buena cosa, Dios mío! nunca sabe
Uno apreciar la dicha verdadera,
Cuando la imaginamos más lejana
Es justamente cuando está más cerca.
Ay de mí, ¡ay de mí! algo me dice
Que la vida no es más que una quimera;
Una ilusión, un sueño sin orillas,
Una pequeña nube pasajera.
Vamos por partes, no sé bien qué digo
La emoción se me sube a la cabeza.
Como ya era la hora del silencio
Cuando emprendí mi singular empresa,
Una tras otra, en oleaje mudo,

푸른 하늘과 마른 잎사귀들의 왕국,
이곳에 있는 모든 것에는
저마다의 특색과 호젓한 전설이 있다.
그 고유한 그림자에서도
나는 하늘에 계신 할머니의 시선을 느낀다.
내 어린 시절이 목도한
이 기념비적인 사건들,
광장 모퉁이의 우체국과
오래된 벽들의 눅눅함.
좋지 아니한가, 신이시여! 사람들은 도통
진정한 행복에 감사할 줄 모른다,
우리가 행복을 멀게만 느낄 때
틀림없이 그것은 우리 가까운 곳에 있다.
아, 인생이여! 누군가 내게 말하지
인생이란 망상에 불과하다고,
환상이고, 끝없는 꿈이며,
떠다니는 조각구름이라고.
찬찬히 보자, 내가 뭐라고 하는 건지 잘 모르겠다
감정이 머릿속을 뒤덮는다.
나만의 사업에 착수했을 때는
이미 침묵의 시간이었기에
차례차례, 말없는 파도가 이어졌고,

Al establo volvían las ovejas.

Las saludé personalmente a todas

Y cuando estuve frente a la arboleda

Que alimenta el oído del viajero

Con su inefable música secreta

Recordé el mar y enumeré las hojas

En homenaje a mis hermanas muertas.

Perfectamente bien. Seguí mi viaje

Como quien de la vida nada espera.

Pasé frente a la rueda del molino,

Me detuve delante de una tienda:

El olor del café siempre es el mismo,

Siempre la misma luna en mi cabeza;

Entre el río de entonces y el de ahora

No distingo ninguna diferencia.

Lo reconozco bien, este es el árbol

Que mi padre plantó frente a la puerta

(Ilustre padre que en sus buenos tiempos

Fuera mejor que una ventana abierta).

Yo me atrevo a afirmar que su conducta

Era un trasunto fiel de la Edad Media

Cuando el perro dormía dulcemente

양 떼는 우리로 돌아갔다.
나는 모두에게 친히 인사를 했다
그리고 수풀 앞에 있을 때면
여행자의 청각을 고양시켜주는
형용할 길 없는 비밀스러운 음악으로
바다를 기억했고 죽은 누이들을 우러렀으며
잎사귀들을 헤아렸다.
얼마나 좋은지. 내 여정은 계속되었다
마치 삶에서 아무것도 바랄 게 없는 사람처럼.
물레방아 바퀴 앞을 지나,
한 가게 앞에서 멈췄다.
언제나 한결같은 커피의 향기,
언제나 한결같은 내 머릿속 달빛,
그때의 강물과 지금의 강물 사이에
그 어떤 차이점도 분간해낼 수 없지.
내가 아는 건 바로 아버지가
이 나무를 집 앞에 심었다는 것
(잘나가던 시절 고명하신 아버지
활짝 연 창문보다 훌륭하셨다).
내 감히 단언하자면 그의 행동은
별 바로 아래에서
강아지가 단잠에 빠져 있던 그때,

Bajo el ángulo recto de una estrella.
A estas alturas siento que me envuelve
El delicado olor de las violetas
Que mi amorosa madre cultivaba
Para curar la tos y la tristeza.
Cuánto tiempo ha pasado desde entonces
No podría decirlo con certeza;
Todo está igual, seguramente,
El vino y el ruiseñor encima de la mesa,
Mis hermanos menores a esta hora
Deben venir de vuelta de la escuela:
¡Sólo que el tiempo lo ha borrado todo
Como una blanca tempestad de arena!

중세 신자의 모습을 쏙 빼닮았었다.
지금 이 순간 나는 느낀다,
기침과 비탄을 치유하기 위해
자애로운 나의 어머니가 키웠던
제비꽃의 보랏빛 향기가 나를 둘러싸고 있음을.
그때 이후 얼마나 많은 시간이 흘렀는지
정확하게 말할 수는 없지만,
모든 것이 동일하다, 어김없이,
식탁 위의 밤꾀꼬리와 와인,
동생들은 이 시간이면
학교에서 돌아와야 한다.
단지 새하얀 모래 폭풍처럼
시간이 모든 것을 지웠을 뿐!

ES OLVIDO

Juro que no recuerdo ni su nombre,
Mas moriré llamándola María,
No por simple capricho de poeta:
Por su aspecto de plaza de provincia.
¡Tiempos aquellos! yo un espantapájaros,
Ella una joven pálida y sombría.
Al volver una tarde del Liceo
Supe de la su muerte inmerecida,
Nueva que me causó tal desengaño
Que derramé una lágrima al oírla.
Una lágrima, sí, ¡quién lo creyera!
Y eso que soy persona de energía.
Si he de conceder crédito a lo dicho
Por la gente que trajo la noticia
Debo creer, sin vacilar un punto,
Que murió con mi nombre en las pupilas,
Hecho que me sorprende, porque nunca
Fue para mí otra cosa que una amiga.
Nunca tuve con ella más que simples

그것은 망각

맹세코 나는 그녀의 이름조차 기억하지 못하리,
하지만 애타게 부르리라, 마리아
시인 짓거리를 하고 싶어서가 아니라,
시내 광장에서 본 그녀의 모습 때문에.
그땐 그랬지! 나는 멀대 같았고,
그녀는 창백하고 우울한 청년.
수업을 마치고 돌아가던 어느 오후,
그녀의 부당한 죽음을 알게 되었지,
나를 실망시킨,
나를 눈물 떨구게 한 그 소식을.
눈물이라니, 세상에, 누가 믿겠어!
나같이 씩씩한 사람이.
만약 그 소식을 전해준 사람의 말을
받아들일 수밖에 없다면
나는 믿어야 하지, 한 점 머뭇거림 없이,
그녀가 눈동자에 내 이름을 새긴 채 죽었다는 것을,
나는 놀랄 수밖에 없었어, 왜냐하면 결코
그녀는 나에게 친구 이상이 아니었기에.
그녀와는 그저 깍듯이 예의를 갖추는 관계

Relaciones de estricta cortesía,

Nada más que palabras y palabras

Y una que otra mención de golondrinas.

La conocí en mi pueblo (de mi pueblo

sólo queda un puñado de cenizas),

Pero jamás vi en ella otro destino

Que el de una joven triste y pensativa.

Tanto fue así que hasta llegué a tratarla

Con el celeste nombre de María,

Circunstancia que prueba claramente

La exactitud central de mi doctrina.

Puede ser que una vez la haya besado,

¡Quién es el que no besa a sus amigas!

Pero tened presente que lo hice

Sin darme cuenta bien de lo que hacía.

No negaré, eso sí, que me gustaba

Su inmaterial y vaga compañía

Que era como el espíritu sereno

Que a las flores domésticas anima.

Yo no puedo ocultar de ningún modo

La importancia que tuvo su sonrisa

Ni desvirtuar el favorable influjo

결코 그 이상이 아니었다네,
제비가 언제 날아올까 하는 등의
가벼운 수다 그 이상은 없었지.
나는 우리 동네에서 그녀를 알게 됐는데(이제 그곳엔
잿더미 한 움큼만이 남았을 뿐),
그녀에게선 슬픔 많고 생각 깊은 청년의 운명 말고는
그 어떤 다른 운명도 보이지 않았지.
그랬기 때문에 나는 그녀를
마리아라는 성스러운 이름으로 부르게 되었고,
그럼으로써 명확히 증명되었지,
나의 안목이 얼마나 정확한지가.
그녀에게 한 번쯤 키스를 했는지도 몰라,
여자애들에게 다들 그 정도는 하잖아!
하지만 이것만을 알아두길,
나도 내가 무슨 짓을 하는 건지 잘 몰랐다는 걸.
난 부정하지 않을 거야, 그래 맞아, 나는 좋아했어
실체 없이 텅 비었어도 함께해주는,
화초들에 생기를 불어넣는
그녀의 평온한 영혼을.
그녀의 미소가 얼마나 중요한지
나는 아무래도 숨길 수 없고
길가의 돌멩이들에까지 미치는

Que hasta en las mismas piedras ejercía.

Agreguemos, aún, que de la noche

Fueron sus ojos fuente fidedigna.

Mas, a pesar de todo, es necesario

Que comprendan que yo no la quería

Sino con ese vago sentimiento

Con que a un pariente enfermo se designa.

Sin embargo sucede, sin embargo,

Lo que a esta fecha aún me maravilla,

Ese inaudito y singular ejemplo

De morir con mi nombre en las pupilas,

Ella, múltiple rosa inmaculada,

Ella que era una lámpara legítima.

Tiene razón, mucha razón, la gente

Que se pasa quejando noche y día

De que el mundo traidor en que vivimos

Vale menos que rueda detenida:

Mucho más honorable es una tumba,

Vale más una hoja enmohecida,

Nada es verdad, aquí nada perdura,

Ni el color del cristal con que se mira.

Hoy es un día azul de primavera,

그녀의 긍정적인 영향력 또한 막을 수 없지.
하나 더 말해볼까, 밤이 되면,
그녀의 두 눈은 신뢰로 샘솟았지.
하지만, 이 모든 것에도 불구하고, 확실히 해두자고,
나는 그녀를 좋아한 게 아니라
아픈 친척을 대하듯
애매한 감정이었어.
그럼에도 연이어 떠오르지, 그럼에도,
오늘날까지 여전히 놀라운 사실이,
두 눈에 내 이름을 아로새기고 죽은
그 전대미문의 특수한 사건이,
그녀, 끝없이 순수한 장미 꽃다발이자,
올곧은 등불이었던 그녀.
그래 맞아, 맞고말고.
밤낮 투덜거리는 사람들 말마따나
우리가 살아가는 이 거짓된 세계는
멈춰버린 바퀴보다 덧없는 것이지.
무덤 하나가 훨씬 더 소중하고,
곰팡이 핀 종이 한 장이 더욱 가치 있지,
아무것도 진실하지 않고, 아무것도 지속되지 않아,
보이는 것을 비추는 거울의 색깔마저도.
오늘은 푸르른 봄날,

Creo que moriré de poesía,

De esa famosa joven melancólica

No recuerdo ni el nombre que tenía.

Sólo sé que pasó por este mundo

Como una paloma fugitiva:

La olvidé sin quererlo, lentamente,

Como todas las cosas de la vida.

난 죽을 것 같아 시 때문에,

이 우울한 청년 때문에,

그녀의 이름조차 기억나지 않건만.

아는 건 고작 그녀가 이 세상을 스쳐 지나갔다는 것뿐,

덧없이 사라지는 비둘기가 그러하듯이.

그러고 싶지 않았는데 그녀를 잊고 말았지, 서서히

인생사 모든 것이 그러하듯이.

SE CANTA AL MAR

Nada podrá apartar de mi memoria
La luz de aquella misteriosa lámpara,
Ni el resultado que en mis ojos tuvo
Ni la impresión que me dejó en el alma.
Todo lo puede el tiempo, sin embargo
Creo que ni la muerte ha de borrarla.
Voy a explicarme aquí, si me permiten,
Con el eco mejor de mi garganta.
Por aquel tiempo yo no comprendía
Francamente ni cómo me llamaba,
No había escrito aún mi primer verso
Ni derramado mi primera lágrima;
Era mi corazón ni más ni menos
Que el olvidado kiosko de una plaza.
Mas sucedió que cierta vez mi padre
Fue desterrado al sur, a la lejana
Isla de Chiloé donde el invierno
Es como una ciudad abandonada.
Partí con él y sin pensar llegamos

바다를 노래하다

그 무엇도 나의 기억으로부터
그 신비롭던 램프의 불빛을,
또 내 눈에 맺힌 잔상을,
내 영혼에 새겨진 인상을 없앨 수는 없다.
시간이 모든 것을 좌지우지한대도
죽음마저도 그것을 지우지는 못하리.
여기에서 설명하리라, 허락한다면,
최대한 목소리를 높여서.
그즈음 나는 솔직히
내가 어떻게 불리는지도 몰랐고,
첫 행을 쓰지도,
첫 눈물을 흘리지도 못했다네,
그것이 더도 말고 덜도 말고
어느 광장의 사라진 가판대 같은 내 마음이었다.
하지만 나의 아버지가 몇 번이고 남쪽으로
추방당하는 일이 벌어졌지, 머나먼
칠로에 섬, 그곳의 겨울은
버려진 도시와도 같았다.
아버지와 함께 떠났지 어느 맑은 아침에

A Puerto Montt una mañana clara.

Siempre había vivido mi familia

En el valle central o en la montaña,

De manera que nunca, ni por pienso,

Se conversó del mar en nuestra casa.

Sobre este punto yo sabía apenas

Lo que en la escuela pública enseñaban

Y una que otra cuestión de contrabando

De las cartas de amor de mis hermanas.

Descendimos del tren entre banderas

Y una solemne fiesta de campanas

Cuando mi padre me cogió de un brazo

Y volviendo los ojos a la blanca,

Libre y eterna espuma que a lo lejos

Hacia un país sin nombre navegaba,

Como quien reza una oración me dijo

Con voz que tengo en el oído intacta:

«Este es, muchacho, el mar». El mar sereno,

El mar que baña de cristal la patria.

No sé decir por qué, pero es el caso

Que una fuerza mayor me llenó el alma

Y sin medir, sin sospechar siquiera,

푸에르토몬트에 이르리라고는 생각지도 않은 채.

가족과 함께 살았던 곳은

항상 시내 중심가나 산골이었기에,

생각조차 하지 못했지.

우리 집에서 바다에 대해 이야기 나누게 될 줄은.

바다에 대해 내가 아는 것이라고는 고작

공립학교에서 배운 것과

누이들의 연애편지에서 드문드문 봤던

비밀스러운 이야기.

장엄한 종소리와 깃발들 사이로

우리는 기차에서 내렸고,

아버지가 내 팔을 붙들어서

멀리서 이름 없는 나라를 향해 다가오는,

영원히 자유로운 하얀 거품 쪽으로

시선을 돌렸을 때,

마치 누군가 나에게 기도를 해주듯

귓속을 파고드는 목소리가 있었으니,

"얘야, 이것이 바다란다". 평온한 바다,

조국을 수정빛으로 물들이는 바다.

왜인지는 모르겠지만, 그것은

내 영혼을 채우는 불가항력의 힘이었다.

그래서 내게 주어진 공간의 규모를

La magnitud real de mi campaña,

Eché a correr, sin orden ni concierto,

Como un desesperado hacia la playa

Y en un instante memorable estuve

Frente a ese gran señor de las batallas.

Entonces fue cuando extendí los brazos

Sobre el haz ondulante de las aguas,

Rígido el cuerpo, las pupilas fijas,

En la verdad sin fin de la distancia,

Sin que en mi ser moviérase un cabello,

¡Cómo la sombra azul de las estatuas!

Cuánto tiempo duró nuestro saludo

No podrían decirlo las palabras.

Sólo debo agregar que en aquel día

Nació en mi mente la inquietud y el ansia

De hacer en verso lo que en ola y ola

Dios a mi vista sin cesar creaba.

Desde ese entonces data la ferviente

Y abrasadora sed que me arrebata:

Es que, en verdad, desde que existe el mundo,

La voz del mar en mi persona estaba.

가늠하지도, 의심하지도 않은 채,

절망적인 사람처럼

막무가내로 해변을 향해 달려나갔다.

그리고 잊을 수 없는 그 순간

나는 전장의 위대한 장군과 직면해 있었다.

연이은 물결 위로

두 팔을 뻗은 바로 그때,

먼 곳에서 끝없이 잇따르는 진실에 잠겨

몸은 굳고, 시선은 고정된 채,

나는 머리터럭 하나 꼼짝할 수 없었다.

청공이 담긴 상像들의 그림자라니!

우리의 인사가 얼마 동안 이어졌는지

이루 말할 수 없으리라.

다만 내가 말할 수 있는 건 그날

신이 끊임없이 창조하여 내 눈앞에 보여준

파도와 파도 사이의 시,

그 시를 쓰며 내 안에서 태어난 불안과 고뇌.

돌이켜보면 그때부터였다,

타오르는 갈망이 나를 열렬히 사로잡았던 것은.

요컨대, 진실로, 세계가 존재하면서부터

바다의 목소리는 나의 자아 속에 존재했던 것이다.

II

DESORDEN EN EL CIELO

Un cura, sin saber cómo,

Llegó a las puertas del cielo,

Tocó la aldaba de bronce,

A abrirle vino San Pedro:

«Si no me dejas entrar

Te corto los crisantemos.»

Con voz respondióle el santo

Que se parecía al trueno:

«Retírate de mi vista

Caballo de mal agüero,

Cristo Jesús no se compra

Con mandas ni con dinero

Y no se llega a sus pies

Con dichos de marinero.

Aquí no se necesita

Del brillo de tu esqueleto

Para amenizar el baile

De Dios y de sus adeptos.

Viviste entre los humanos

하늘에서의 소란

어느 사제가 어찌 된 노릇인지
하늘의 입구에 다다랐고,
청동 문고리를 두드렸더니
성 베드로가 나타나 문을 열었다
“나를 들여보내지 않으면
당신의 국화꽃을 잘라버리겠소.”
그러자 우레와 같은 목소리로
베드로는 그에게 답했다.
“눈앞에서 사라질지어다
불길한 기사여,
돈으로도 맹세로도
예수 그리스도를 살 수는 없다
수부水夫의 말본새로는
그분의 발끝에도 이르지 못한다.
하느님과 그 제자들의 무대를
빛나게 하는 데
네 몸뚱어리의 광채는
필요치 않다.
너는 질병으로 두려움에 떠는

Del miedo de los enfermos

Vendiendo medallas falsas

Y cruces de cementerio.

Mientras los demás mordían

Un mísero pan de afrecho

Tú te llenabas la panza

De carne y de huevos frescos.

La araña de la lujuria

Se multiplicó en tu cuerpo

Paraguas chorreando sangre

¡Murciélago del infierno!»

Después resonó un portazo,

un rayo iluminó el cielo,

Temblaron los corredores

Y el ánima sin respeto

Del fraile rodó de espaldas

Al hoyo de los infiernos.

인간들의 틈바구니에서 살아왔다
가짜 메달을 팔면서
묘지의 십자가를 팔면서.
다른 사람들이 눈물 젖은 밀기울 빵으로
끼니를 때우는 동안
너는 신선한 달걀과 고기로
배때기를 채웠다.
탐욕스러운 거미가
네 몸속에서 불어났지
피가 흘러내리는 우산
지옥의 박쥐!"

문이 쾅 닫히고,
하늘에서 빛이 번쩍이더니,
회랑이 진동했고
수도사의 타락한 영혼이
거꾸로 굴러떨어졌다
지옥의 구렁텅이로.

SAN ANTONIO

En un rincón de la capilla
El eremita se complace
En el dolor de las espinas
Y en el martirio de la carne.

A sus pies rotos por la lluvia
Caen manzanas materiales
Y la serpiente de la duda
Silba detrás de los cristales.

Sus labios rojos con el vino
De los placeres terrenales
Ya se desprenden de su boca
Como coágulos de sangre.

Esto no es todo, sus mejillas
A la luz negra de la tarde
Muestran las hondas cicatrices
De las espinas genitales.

성 안토니오

예배당 구석에서
은둔 수사가 척추의 통증과
육체적 고난을
기쁘게 받아들인다.

빗물로 불어 튼 그의 발아래
선악과가 떨어지고
유혹하는 뱀이
유리창 뒤에서 휘파람을 분다.

지상의 쾌락으로 빚은 와인에
붉게 물든 그의 입술이
응고된 피처럼
그의 입에서 떨어져나간다.

그뿐만 아니라 그의 두 뺨은
저녁 어스름 속에서
깊이 패인 흉터를
생식기처럼 뾰족 내보인다.

›

Y en las arrugas de su frente

Que en el vacío se debate

Están grabados a porfía

Los siete vicios capitales.

그리고 허공에서 사투를 벌이는

그의 이마 주름 속에는

남에게 질세라

일곱 가지 원죄가 새겨져 있다.

AUTORRETRATO

Considerad, muchachos,
Esta lengua roída por el cáncer:
Soy profesor en un liceo obscuro
He perdido la voz haciendo clases.
(Después de todo o nada
Hago cuarenta horas semanales.)
¿Qué os parece mi cara abofeteada?
¡Verdad que inspira lástima mirarme!
Y qué decís de esta nariz podrida
Por la cal de la tiza degradante.

En materia de ojos, a tres metros
No reconozco ni a mi propia madre.
¿Qué me sucede?—Nada.
Me los he arruinado haciendo clases:
La mala luz, el sol,
La venenosa luna miserable.
Y todo para qué
Para ganar un pan imperdonable

자화상

젊은이들이여 부디,

악성 종양에 닳아빠진 내 말 좀 들어보시오

보잘것없는 학교의 선생인 나

수업을 하다 목소리가 나갔다네.

(그럭저럭 해서

주당 마흔 시간을 일했지.)

따귀 맞아 부은 듯한 내 얼굴이 어때 보이는가?

나를 보면 동정심이 유발되는 건 당연하지!

몽당 분필의 석회 가루로

꽉 막힌 내 코를 두고 뭐라고 말할 텐가.

눈은 또 어떻고, 삼 미터 앞에 있는

내 어머니도 알아보지 못해.

무슨 일이 있었냐고?—아무 일도.

수업하다 나빠진 거지.

조악한 불빛, 햇빛,

정이라곤 없는 표독스러운 달빛.

모든 것은

부르주아의 얼굴처럼 딱딱하게 굳고

Duro como la cara del burgués

Y con sabor y con olor a sangre.

¡Para qué hemos nacido como hombres

Si nos dan una muerte de animales!

Por el exceso de trabajo, a veces

Veo formas extrañas en el aire,

Oigo carreras locas,

Risas, conversaciones criminales.

Observad estas manos

Y estas mejillas blancas de cadáver,

Estos escasos pelos que me quedan,

¡Estas negras arrugas infernales!

Sin embargo yo fui tal como ustedes,

Joven, lleno de bellos ideales,

Soñé fundiendo el cobre

Y limando las caras del diamante:

Aquí me tienen hoy

Detrás de este mesón inconfortable

Embrutecido por el sonsonete

De las quinientas horas semanales.

피비린내 나는
씹어 넘길 수도 없는 빵을 얻기 위해서지.
개처럼 죽을 게 빤한데
어째서 우리는 인간으로 태어났는가!

노동 과잉으로 이따금,
허공에서 기이한 형체를 보거나,
광란의 질주라든가
웃음소리, 범죄 공모 따위를 듣지.
내 손을 보라고
시체처럼 창백한 뺨은 어떻구
머리카락도 몇 가닥 안 남았지,
이 끔찍한 주름을 보라고!
그렇지만 나 역시 자네들처럼
젊고, 이상적인 아름다움으로 가득했던 적 있었지,
구리를 녹이고
다이아몬드의 표면을 손질하는 게 꿈이었어
그런데 지금 내 꼴을 보라지
불편하기 짝이 없는 교탁 뒤편에서
매주 오백 시간을 떠들어대며
잔뜩 부아가 나 있을 뿐.

CANCIÓN

Quién eres tú repentina
Doncella que te desplomas
Como la araña que pende
Del pétalo de una rosa.

Tu cuerpo relampaguea
Entre las maduras pomas
Que el aire caliente arranca
Del árbol de la centolla.

Caes con el sol, esclava
Dorada de la amapola
y lloras entre los brazos
Del hombre que te deshoja.

¿Eres mujer o eres dios
Muchacha que te incorporas
Como una nueva Afrodita
del fondo de una corola?

노래

너는 누구인가 느닷없이
장미 꽃잎에
매달린 거미처럼
비스듬히 기울어진 처녀야.

뜨거운 공기가
과실수에서 뜯어낸
잘 여문 과일들 사이에
네 몸이 반짝인다.

태양과 함께 추락하는 너는
양귀비의 황금빛 노예,
너를 꺾은 남자의
품에 안겨 눈물짓는다.

너는 여인인가 아니면 여신인가?
아프로디테처럼
꽃부리 깊은 곳에서
새로이 피어나는 그대여.

›

Herida en lo más profundo

Del cáliz, te desenrollas,

Gimes de placer, te estiras,

Te rompes como una copa.

Mujer parecida al mar,

—Violada entre ola y ola—

Eres más ardiente aún

Que un cielo de nubes rojas.

La mesa está puesta, muerde

La uva que te trastorna

Y besa con ira el duro

Cristal que te vuelve loca.

›

성배의 아주 깊은 곳에
금이 간 너, 너는 몸을 쭉 펴고,
기쁨의 탄식을 하고, 기지개를 켜고,
컵처럼 깨진다.

바다를 닮은 여인
—파도와 파도 사이에서 범해진—
너는 장밋빛 구름의 하늘보다
붉게 타오른다.

탁자가 준비되었으니, 베어 물어라,
너를 어지럽힌 그 포도를
그리고 격렬히 키스하라
너를 미치게 하는 그 견고한 유리에.

ODA A UNAS PALOMAS

Qué divertidas son
Estas palomas que se burlan de todo,
Con sus pequeñas plumas de colores
Y sus enormes vientres redondos.
Pasan del comedor a la cocina
Como hojas que dispersa el otoño
Y en el jardín se instalan a comer
Moscas, de todo un poco,
Picotean las piedras amarillas
O se paran en el lomo del toro:
Más ridículas son que una escopeta
O que una rosa llena de piojos.
Sus estudiados vuelos, sin embargo,
Hipnotizan a mancos y cojos
Que creen ver en ellas
La explicación de este mundo y el otro.
Aunque no hay que confiarse porque tienen
El olfato del zorro,
La inteligencia fría del reptil

비둘기에 보내는 송가

참 웃기기도 하지,

알록달록 작은 깃털들과

둥그렇게 불룩 솟은 배때기로

모두를 비웃고 있는 이 비둘기들.

가을에 흩날리는 낙엽처럼

비둘기들은 식당에서 주방을 지나친다

그리고 정원에 자리 잡고는

파리나 이런저런 것들을 쪼아 먹고,

노란 돌들을 쪼아대거나

황소 등 위로 올라선다.

이가 득실거리는 엽총이나

장미보다 더 우스꽝스럽다.

그럼에도, 비둘기들의 젠체하는 비행은,

그 안에서 세상만사의 해답을

본다고 믿는

외팔이와 절름발이들을 도취시킨다.

그들에게 여우의 직관이,

파충류의 냉철한 지성이,

앵무새의 오랜 경험이 있다고 해도

Y la experiencia larga del loro.
Más hipócritas son que el profesor
Y que el abad que se cae de gordo.
Pero al menor descuido se abalanzan
Como bomberos locos,
Entran por la ventana al edificio
Y se coronan con un nimbo de lodo.

A ver si alguna vez
Nos agrupamos realmente todos
Y nos ponemos firmes
Como gallinas que defiende sus pollos.

그들을 믿어서는 안 된다.
비만으로 쓰러지는 수도원장이나
교수보다 더 위선적이다.
하지만 그들은 조금도 방심하지 않고
광기에 찬 소방관처럼 돌진하고,
빌딩 창문으로 뛰어들어
금고를 차지한다.

어디 한번 두고 보자,
우리가 진짜로 다함께 모일는지,
새끼들을 보호하는 암탉처럼
꼿꼿하게 일어설는지.

EPITAFIO

De estatura mediana,
Con una voz ni delgada ni gruesa,
Hijo mayor de un profesor primario
Y de una modista de trastienda;
Flaco de nacimiento
Aunque devoto de la buena mesa;
De mejillas escuálidas
Y de más bien abundantes orejas;
Con un rostro cuadrado
En que los ojos se abren apenas
Y una nariz de boxeador mulato
Baja a la boca de ídolo azteca
—Todo esto bañado
Por una luz entre irónica y pérfida—
Ni muy listo ni tonto de remate
Fui lo que fui: una mezcla
De vinagre y de aceite de comer
¡Un embutido de ángel y bestia!

묘비명

보통 키에,

가늘지도 두껍지도 않은 목소리를 내는,

초등학교 교사 남편과

구멍가게 양재사 부인의 맏아들은,

영양식으로 키워졌음에도

태생이 허약했다,

홀쭉한 뺨에 비해

두툼한 귓불,

네모진 얼굴에는

겨우 뜬 눈과

물라토 권투 선수 같은 코와

그 밑으로 아즈텍 조각상 같은 입

—아이러니와 배신의 빛이

이 모든 것을 뒤덮고 있다—

아주 영리하지도 완전히 멍청하지도 않은

나는 그런 사람이었다,

식초와 올리브유의 혼합물,

천사와 야수가 뒤섞인 소시지!

III

ADVERTENCIA AL LECTOR

El autor no responde de las molestias que puedan ocasionar
sus escritos:
Aunque le pese
El lector tendrá que darse siempre por satisfecho.
Sabelius, que además de teólogo fue un humorista consumado,
Después de haber reducido a polvo el dogma de la Santísima
Trinidad
¿Respondió acaso de su herejía?
Y si llegó a responder, ¡cómo lo hizo!
¡En qué forma descabellada!
¡Basándose en qué cúmulo de contradicciones!

Según los doctores de la ley este libro no debiera publicarse:
La palabra arco iris no aparece en él en ninguna parte,
Menos aún la palabra dolor,
La palabra torcuato.
Sillas y mesas sí que figuran a granel,
¡Ataúdes! ¡útiles de escritorio!
Lo que me llena de orgullo

독자들에게 하는 경고

작가는 자신의 작품이 야기할 수 있는 골치 아픈 문제들에
대해 해명하지 않는다.
답답하겠지만
독자들은 항상 받아들여야 한다.
신학자이자 노련한 해학가였던 사벨리우스가
성삼위일체의 교의를 한 줌 먼지로 없애버린 후
자신의 이단성에 대해 해명했는가?
만약 해명했다면, 그건 어떤 방식이었는가!
터무니없는 방식이었겠지!
모순투성이 궤변을 늘어놓으면서!

법학자들에 의하면 이 책은 출간되지 말았어야 했다.
무지개라는 단어는 이 책 어디에서도 나오지 않고,
고통이라는 단어와,
문필가라는 단어 역시 말할 것도 없지.
물론 의자와 탁자는 널려 있다,
관들도! 문구류들도!
나는 그것이 자랑스럽다.
왜냐하면, 내가 보기에, 하늘이 갈가리 찢겨서 추락하고 있

Porque, a mi modo de ver, el cielo se está cayendo a pedazos.

Los mortales que hayan leído el Tractatus de Wittgenstein
Pueden darse con una piedra en el pecho
Porque es una obra difícil de conseguir:
Pero el Círculo de Viena se disolvió hace años,
Sus miembros se dispersaron sin dejar huella
Y yo he decidido declarar la guerra a los cavalieri della luna.

Mi poesía puede perfectamente no conducir a ninguna parte:
«¡Las risas de este libro son falsas!», argumentarán mis
detractores
«Sus lágrimas, ¡artificiales!»
«En vez de suspirar, en estas páginas se bosteza»
«Se patalea como un niño de pecho»
«El autor se da a entender a estornudos»
Conforme: os invito a quemar vuestras naves,
Como los fenicios pretendo formarme mi propio alfabeto.
«¿A qué molestar al público entonces?», se preguntarán los
amigos lectores:
«Si el propio autor empieza por desprestigiar sus escritos,
¡Qué podrá esperarse de ellos!»

으니 말이다.

비트겐슈타인의 《논리철학논고》를 읽으려는 인간들은
돌덩이로 가슴을 짓뭉개는 느낌을 받을 것이다
왜냐하면 파악하기 어려운 책이니까.
하지만 몇 년 전 빈학파가 해산하더니,
그 구성원들은 흔적 없이 사방으로 흩어졌다
나는 달의 기사와의 전쟁을 선포하기로 마음먹었지.

나의 시가 제대로 읽힐 곳은 없을지도 모른다
"이 책에 나오는 웃음은 가짜야!" 나를 비난하는 자들이 논하겠지
"인위적인 눈물하고는!"
"탄식 대신, 이 페이지에선 하품이 나와"
"젖 달라는 아기처럼 생떼 부리고 있잖아"
"작가가 이해받으려고 재채기를 해대는군"
좋아, 나는 당신들을 초대해서, 당신들이 탄 배에 불을 지를 것이다.
페니키아인들처럼, 나만의 알파벳을 만들어낼 것이다.
"근데 왜 대중을 괴롭힙니까?" 친애하는 독자들은 물으리라
"작가가 스스로 자기 작품을 깎아내리기 시작한다면,
그 작품들에서 뭘 기대할 수 있단 말인가!"

Cuidado, yo no desprestigio nada
O, mejor dicho, yo exalto mi punto de vista,
Me vanaglorio de mis limitaciones
Pongo por las nubes mis creaciones.

Los pájaros de Aristófanes
Enterraban en sus propias cabezas
Los cadáveres de sus padres.
(Cada pájaro era un verdadero cementerio volante)
A mi modo de ver
Ha llegado la hora de modernizar esta ceremonia
¡Y yo entierro mis plumas en la cabeza de los señores lectores!

알아두시길, 나는 어떤 작품도 깎아내리지 않는다
아니, 그렇다기보다는 나의 관점을 예찬하지,
나의 한계에 자부심을 느끼고
나의 작품들을 치켜세운다.

아리스토파네스의 새들은
부모님의 유해를
제 머릿속에 묻었다
(각각의 새는 진정 날아다니는 묘지다)
내가 보기에
이런 의식儀式을 현대화할 시간에 이르렀다.
나는 나의 펜을 독자 제현의 머릿속에 묻어버리겠다!

ROMPECABEZAS

No doy a nadie el derecho.
Adoro un trozo de trapo.
Traslado tumbas de lugar.

Traslado tumbas de lugar.
No doy a nadie el derecho.
Yo soy un tipo ridículo
A los rayos del sol,
Azote de las fuentes de soda
Yo me muero de rabia.

Yo no tengo remedio,
Mis propios pelos me acusan
En un altar de ocasión
Las máquinas no perdonan.

Me río detrás de una silla,
mi cara se llena de moscas.

골 때리는 문제

아무에게도 권리를 주지 않아.
넝마 조각을 찬양하지.
못자리를 옮겨라.

못자리를 옮겨라.
아무에게도 권리를 주지 않아.
난 웃긴 놈이야
뙤약볕이 내리쬐고,
탄산음료 자판기가 횡포를 부리니
난 화가 나서 죽을 지경이다.

난 속수무책,
내 머리칼은 구닥다리 제단에서
나를 고발하고
기계들은 자비가 없지.

난 의자 뒤에서 웃음 짓고,
내 얼굴은 파리 떼로 가득하다.

Yo soy quien se expresa mal

Expresa en vistas de qué.

Yo tartamudeo,

Con el pie toco una especie de feto.

¿Para qué son estos estómagos?

¿Quién hizo esta mezcolanza?

Lo mejor es hacer el indio.

Yo digo una cosa por otra.

난 표현에 서투른 사람이라
머시기 거시기라고 말하지.

난 말을 더듬고,
태아를 발로 툭툭 건드린다.

내 위장은 뭐 하러 있는가?
누가 이 엉망진창을 만들었나?

가장 좋은 건 농담이나 지껄이는 것.
난 내키는 대로 말하겠다.

PAISAJE

¡Veis esa pierna humana que cuelga de la luna
Como un árbol que crece para abajo
Esa pierna temible que flota en el vacío
Iluminada apenas por el rayo
De la luna y el aire del olvido!

풍경

거꾸로 자라는 나무처럼

달에 매달린 인간의 저 다리를 보시오!

망각의 대기와 달빛이

겨우 비추고 있는

허공에 떠 있는 무시무시한 저 다리를!

CARTAS A UNA DESCONOCIDA

Cuando pasen los años, cuando pasen
Los años y el aire haya cavado un foso
Entre tu alma y la mía; cuando pasen los años
Y yo sólo sea un hombre que amó,
Un ser que se detuvo un instante frente a tus labios,
Un pobre hombre cansado de andar por los jardines,
¿Dónde estarás tú? ¡Dónde
Estarás, oh hija de mis besos!

낯모르는 여인에게 보내는 편지

오랜 세월 지나고 다시 오랜
세월이 지나서, 대기가 당신 영혼과 내 영혼 사이에
구덩이를 판다면, 오랜 세월이 지나고
당신이 사랑했던 사람으로 나 홀로 남는다면,
당신의 입술 바로 앞에 멈춰버린 존재로,
정원을 거니는 것마저 피곤해진 가련한 사람으로 남는다면,
당신은 어디에 계시려나? 대체 어디에,
당신, 오 내 입맞춤의 소산이여!

NOTAS DE VIAJE

Yo me mantuve alejado de mi puesto durante años.
Me dediqué a viajar, a cambiar impresiones con mis interlocutores,
Me dediqué a dormir;
Pero las escenas vividas en épocas anteriores se hacían presentes en mi memoria.
Durante el baile yo pensaba en cosas absurdas:
Pensaba en unas lechugas vistas el día anterior
Al pasar delante de la cocina,
Pensaba un sinnúmero de cosas fantásticas relacionadas con mi familia;
Entretanto el barco ya había entrado al río,
Se abría paso a través de un banco de medusas.
Aquellas escenas fotográficas afectaban mi espíritu,
Me obligaban a encerrarme en mi camarote;
Comía a la fuerza, me rebelaba contra mí mismo,
Constituía un peligro permanente a bordo
Puesto que en cualquier momento podía salir con un contrasentido.

여행기

나는 몇 년 동안 생업을 멀리했다.

여행을 하는 데, 나와 교류하는 사람들과 감정을 나누는 데
주력했다,

잠자는 데 매진했다,

하지만 기억 속에 생생하게 남아 있는 옛 시절의 장면들.

춤을 추며 터무니없는 일들을 떠올렸다,

전날 부엌 앞을 지나며 보았던

상춧잎을 떠올렸다,

가족과 관련한 수많은 멋진 일들을.

해파리 떼를 가로질러 물길을 열며

선박이 강으로 진입했다.

이런 사진 같은 장면들이 내 영혼을 파고들었다,

나는 선실에 갇혀 있어야 했다,

나를 먹여야 했다, 나에게 반발심이 일었다,

이런 모순이 일어난 순간부터

나는 언제든 배에서 위험한 존재였다.

MADRIGAL

Yo me haré millonario una noche

Gracias a un truco que me permitirá fijar las imágenes

En un espejo cóncavo. O convexo.

Me parece que el éxito será completo

Cuando logre inventar un ataúd de doble fondo

Que permita al cadáver asomarse a otro mundo.

Ya me he quemado bastante las pestañas

En esta absurda carrera de caballos

En que los jinetes son arrojados de sus cabalgaduras

Y van a caer entre los espectadores.

Justo es, entonces, que trate de crear algo

Que me permita vivir holgadamente

O que por lo menos me permita morir.

Estoy seguro de que mis piernas tiemblan

Sueño que se me caen los dientes

마드리갈•

나는 이담에 백만장자가 될 거야
눈속임을 써서 말이지
오목거울로, 아니면 볼록거울로.

나는 완벽하게 성공할 거야
주검이 다른 세상을 엿볼 수 있도록
이중 바닥의 관을 만들어낸다면.

난 이제 속이 타 들어가
이 어처구니없는 경마에서는
기수들이 안장에서 떨어져서
관중들 속으로 나자빠지지.

그러니, 뭔가를 만들려고 하는 게 당연하잖아
마음 편히 살 수 있도록
아니면 최소한 죽을 수 있도록.

내 다리가 떨리고 있군
나는 꿈을 꾸지, 치아가 뽑혀나가거나

Y que llego tarde a unos funerales.

장례식에 늦게 도착하는.

• 14세기와 16세기에 이탈리아에서 유행했던 서정시 혹은 거기에 붙은 세속 노래를 뜻한다.

SOLO DE PIANO

Ya que la vida del hombre no es sino una acción a distancia,
Un poco de espuma que brilla en el interior de un vaso;
Ya que los árboles no son sino muebles que se agitan:
No son sino sillas y mesas en movimiento perpetuo;
Ya que nosotros mismos no somos más que seres
(Como el dios mismo no es otra cosa que dios)
Ya que no hablamos para ser escuchados
Sino para que los demás hablen
Y el eco es anterior a las voces que lo producen;
Ya que ni siquiera tenemos el consuelo de un caos
En el jardín que bosteza y que se llena de aire,
Un rompecabezas que es preciso resolver antes de morir
Para poder resucitar después tranquilamente
Cuando se ha usado en exceso de la mujer;
Ya que también existe un cielo en el infierno,
Dejad que yo también haga algunas cosas:

Yo quiero hacer un ruido con los pies
Y quiero que mi alma encuentre su cuerpo.

피아노 독주

인간의 삶이란 먼 곳의 몸짓에 다름 아니므로,
유리컵 안에서 반짝이는 거품 같은 것.
나무란 몸짓하는 가구에 다름 아니므로,
영원히 몸짓하는 의자나 책상과 마찬가지.
우리 자신은 존재 그 이상이 아니므로
(신이 신 외에 다른 것이 아닌 것처럼)
우리는 경청을 바라며 말하는 게 아니라
다른 이들이 말하게 하기 위해 말하므로
메아리는 그 자신을 만들어낸 목소리보다 앞선다.
바람만 불어대는 하품 나는 정원에서
심지어 우리는 무질서의 위안조차 받을 수 없으므로,
그 소리는 나중에 여색에 빠졌을 때
평온하게 부활하기 위해
죽기 전까지 풀어야 할 수수께끼다.
또한 지옥에도 천국이 존재하므로,
내가 무슨 짓을 하든 내버려두시길.

내 발을 굴러 소리가 나기를 원한다
내 영혼이 자신의 몸을 찾아가기를 원한다.

EL PEREGRINO

Atención, señoras y señores, un momento de atención:
Volved un instante la cabeza hacia este lado de la república,
Olvidad por una noche vuestros asuntos personales,
El placer y el dolor pueden aguardar a la puerta:
Una voz se oye desde este lado de la república.

¡Atención, señoras y señores! ¡un momento de atención!
Un alma que ha estado embotellada durante años
En una especie de abismo sexual e intelectual
Alimentándose escasamente por la nariz
Desea hacerse escuchar por ustedes.

Deseo que se me informe sobre algunas materias,
Necesito un poco de luz, el jardín se cubre de moscas,
Me encuentro en un desastroso estado mental,
Razono a mi manera;
Mientras digo estas cosas veo una bicicleta apoyada en un
muro,
Veo un puente

순례자

주목, 신사숙녀 여러분, 잠시만 주목.
공화국의 이쪽 편으로 잠시만 고개를 돌려주시고,
개인적인 문제들은 하룻밤만 잊어주시길,
기쁨과 고통은 잠시 문고리에 걸어두시고,
공화국의 이쪽 편에서 들리는 목소리에 귀 기울여주십시오.

주목, 신사숙녀 여러분! 잠시만 주목!
성적이고 지적인 심연에
몇 년째 갇혀 있는 한 영혼이
코를 통해서만 가까스로 영양분을 공급받으며
여러분에게 드릴 말씀이 있답니다.

나는 찾고 싶은 것이 있습니다,
약간의 빛, 파리 떼가 들끓는 정원,
내 정신 상태는 재앙에 가깝습니다,
나름대로 짐작해봅니다.
이런 것들을 말하면서 나는 봅니다, 벽에 기대둔 자전거
하나,
나는 봅니다 교량 하나와

Y un automóvil que desaparece entre los edificios.

Ustedes se peinan, es cierto, ustedes andan a pie por los jardines,
Debajo de la piel ustedes tienen otra piel,
Ustedes poseen un séptimo sentido
Que les permite entrar y salir automáticamente.
Pero yo soy un niño que llama a su madre detrás de las rocas,
Soy un peregrino que hace saltar las piedras a la altura de su nariz,
Un árbol que pide a gritos se le cubra de hojas.

빌딩 사이로 사라지는 자동차 하나.

여러분은 머리를 빗습니다, 그렇죠, 여러분은 정원을 거닙
니다
여러분의 피부 아래엔 또 다른 피부가 있습니다,
여러분에게는 자유자재로 들락거릴 수 있는
일곱 번째 감각이 있습니다.
하지만 나는 바위 뒤에서 어머니를 부르는 아이입니다,
나는 돌멩이들을 코까지 뛰어오르게 하는 순례자이고,
이파리로 뒤덮이길 갈망하는 나무입니다.

PALABRAS A TOMÁS LAGO

Antes de entrar en materia,
Antes, pero mucho antes de entrar en espíritu,
Piensa un poco en ti mismo, Tomás
Lago, y considera lo que está por venir,
También lo que está por huir para siempre
De ti, de mí,
De las personas que nos escuchan.

Me refiero a una sombra
A ese trozo de ser que tú arrastras
Como a una bestia a quien hay que dar de comer y beber
Y me refiero a un objeto,
A esos muebles de estilo que tú coleccionas con horror,
A esas coronas mortuorias y a esas espantosas sillas de
montar
(Me refiero a una luz).

Te vi por vez primera en Chillán
En una sala llena de sillas y mesas

토마스 라고*에게

본론으로 들어가기 전에,
그 전에, 서론으로 들어가기 훨씬 전에,
당신 자신에 대해 조금이라도 생각해보십시오, 토마스
라고, 그리고 다가올 것과,
또한 영원히 피해야 할 것에 대해 궁리해보십시오
당신으로부터, 나로부터
우리에게 귀 기울이고 있는 사람들로부터.

나는 그림자에 대해 말하고 있습니다
먹고 마실 것을 줘야 하는 가축처럼
당신이 이끌어가고 있는 존재의 조각에 대해 말하고 있습니다
그리고 나는 사물에 대해 말하고 있습니다,
당신이 혐오하며 수집하는 고급 가구에 대해,
장례용 화환과 무시무시한 말안장에 대해 말하고 있습니다
(나는 빛에 대해 말하고 있습니다).

치안에서 당신을 처음 봤죠
의자와 책상이 가득한 방에서

A unos pasos de la tumba de tu padre.

Tú comías un pollo frío,

A grandes sorbos hacías sonar una botella de vino.

Dime de dónde habías llegado.

El nocturno siguió viaje al sur,

Tú hacías un viaje de placer

O ¿te presentabas acaso vestido de incógnito?

En aquella época ya eras un hombre de edad.

Luego vinieron unas quintas de recreo

Que más parecían mataderos de seres humanos:

Había que andar casi toda la noche en tranvía

Para llegar a ese lugar maldito,

A esa letrina cubierta de flores.

Vinieron también esas conferencias desorganizadas,

Ese polvo mortal de la Feria del Libro,

Vinieron, Tomás, esas elecciones angustiosas,

Esas ilusiones y esas alucinaciones.

¡Qué triste ha sido todo esto!

당신 아버지 묘에서 몇 걸음 떨어진 곳에서.
당신은 차가운 닭을 먹고 있었습니다,
벌컥벌컥 와인 한 병을 비우면서.

당신이 어디에서 왔는지 내게 말해보세요.
야간열차는 남쪽으로 계속 여행을 떠났죠.
당신에겐 참 즐거운 여행이었습니다
남이 알아보지 못하게 입고 다녔죠 아마?

그 시절 당신은 이미 나이가 들었습니다.
이후 호화로운 별장들이 들어서기 시작했는데,
그곳은 인류의 도살장처럼 보였습니다.
거의 밤새 전차를 타야 했죠
그 빌어먹을 곳,
꽃으로 뒤덮인 똥통에 다다르기 위해서.

몰려들었죠, 정신없는 강연회도
도서 박람회의 그 치명적인 먼지마저도,
몰려들었죠, 토마스, 그 고통스러운 선거가,
그 환상이, 그 환각이.

이 모든 게 얼마나 슬픈지!

¡Qué triste!, pero ¡qué alegre a la vez!
¡Qué edificante espectáculo hemos dado nosotros
Con nuestras llagas, con nuestros dolores!
A todo lo cual vino a sumarse un afán,
Un temor,
Vinieron a sumarse miles de pequeños dolores,
¡Vino a sumarse, en fin, un dolor más profundo y más agudo!

Piensa, pues, un momento en estas cosas,
En lo poco y nada que va quedando de nosotros,
Si te parece, piensa en el más allá,
Porque es justo pensar
Y porque es útil creer que pensamos.

얼마나 슬픈지! 하지만 동시에 얼마나 즐거운지!
우리의 고뇌와 아픔으로 일궈낸
그 얼마나 멋진 장관인지!
이 모든 것에 더해 열망과,
불안과,
수천 가지 자잘한 고통들이 몰려들었습니다.
더 깊고 더 날카로운 아픔이, 끝끝내, 몰려들었습니다!

그러니, 생각해보세요, 이런 것들에 대해,
우리에게 남은 얼마 안 되는 것과 사라진 것에 대해,
그리고 내킨다면, 그 너머의 것들도,
왜냐하면 생각하는 건 당연한 일이니까
그리고 우리가 생각한다고 믿는 편이 도움이 되니까.

• Tomás Lago(1903~1975): 칠레 출신의 시인. 칠레의 문화유산을 보호하고 대중에게 유포하는 데 힘썼다. 니카노르 파라는 그를 '칠레 대중 예술의 선구자'라고 일컬었다.

RECUERDOS DE JUVENTUD

Lo cierto es que yo iba de un lado a otro,
A veces chocaba con los árboles,
Chocaba con los mendigos,
Me abría paso a través de un bosque de sillas y mesas,
Con el alma en un hilo veía caer las grandes hojas.
Pero todo era inútil,
Cada vez me hundía más y más en una especie de jalea;
La gente se reía de mis arrebatos,
Los individuos se agitaban en sus butacas como algas
movidas por las olas
Y las mujeres me dirigían miradas de odio
Haciéndome subir, haciéndome bajar,
Haciéndome llorar y reír en contra de mi voluntad.

De todo esto resultó un sentimiento de asco,
Resultó una tempestad de frases incoherentes,
Amenazas, insultos, juramentos que no venían al caso,
Resultaron unos movimientos agotadores de caderas,
Aquellos bailes fúnebres

젊은 날의 기억

분명한 건 내가 이리저리 쏘다녔다는 것이다.
이따금 나무에 부딪치기도 하고,
거지들과 부딪치기도 하고,
의자와 책상이 되는 숲으로 걸음을 내딛기도 하며,
수심에 잠겨 거대한 이파리들이 떨어지는 걸 보았다는 것
이다.
하지만 모든 게 무용했다.
매번 나는 젤리 같은 것 속으로 점점 빠져들었다.
사람들은 내 격분을 비웃었고
각자 파도에 몸을 맡긴 해초처럼 안락의자에서 흔들렸다.
여자들은 혐오스러운 시선으로 날 보았다
나를 들었다 놨다 하면서,
내 의지와는 반대로 울고 웃게 하면서.

나는 이 모든 것에 구역질이 났고,
지리멸렬한 문장들이 폭풍처럼 휘몰아쳤다.
위협, 모욕, 얼토당토않은 저주,
역겨운 골반의 움직임,
장례식의 춤,

Que me dejaban sin respiración
Y que me impedían levantar cabeza durante días,
Durante noches.

Yo iba de un lado a otro, es verdad,
Mi alma flotaba en las calles
Pidiendo socorro, pidiendo un poco de ternura;
Con una hoja de papel y un lápiz yo entraba en los cementerios
Dispuesto a no dejarme engañar.
Daba vueltas y vueltas en torno al mismo asunto,
Observaba de cerca las cosas
O en un ataque de ira me arrancaba los cabellos.

De esa manera hice mi debut en las salas de clases,
Como un herido a bala me arrastré por los ateneos,
Crucé el umbral de las casas particulares,
Con el filo de la lengua traté de comunicarme con los espectadores:
Ellos leían el periódico
O desaparecían detrás de un taxi.

그것들은 내가 숨 쉴 수 없게 했고
고개 들 수 없게 했다. 낮에도,
그리고 밤에도.

나는 이리저리 쏘다녔다, 정말이지,
내 영혼은 거리 위를 떠다녔다
도움을 요청하면서, 약간의 다정함을 요청하면서.
속지 않을 각오를 한 채
종이 한 장과 연필을 들고 나는 묘지로 들어갔다.
같은 곳 주변을 빙글빙글 돌며
사물들을 가까이에서 관찰하거나
분노에 휩싸여 머리칼을 쥐어뜯었다.

그런 방식으로 나는 문단에 등장했다.
마치 총탄 맞은 부상자처럼 나는 문예 집단에 끌려다녔고,
사택들의 문턱을 넘었으며,
날이 선 나의 언어로 관객들과 소통하려 애썼다.
그들은 신문 기사를 읽거나
아니면 택시 뒤로 사라졌다.

이제 어디로 가야 하나!
이 시간에 상점들은 문을 닫았는데.

¡Adónde ir entonces!

A esas horas el comercio estaba cerrado;

Yo pensaba en un trozo de cebolla visto durante la cena,

Y en el abismo que nos separa de los otros abismos.

나는 저녁식사 때 본 양파 조각에 대해 생각했다,
그리고 다른 심연들로부터 우리를 떼어놓는 심연에 대해
생각했다.

EL TÚNEL

Pasé una época de mi juventud en casa de unas tías
A raíz de la muerte de un señor íntimamente ligado a ellas
Cuyo fantasma las molestaba sin piedad
Haciéndoles imposible la vida.

Yo me mantuve sordo a sus telegramas
A sus epístolas concebidas en un lenguaje de otra época
Llenas de alusiones mitológicas
Y de nombres propios desconocidos para mí
Varios de ellos pertenecientes a sabios de la antigüedad
A filósofos medievales de menor cuantía
A simples vecinos de la localidad que ellas habitaban.

Abandonar de buenas a primeras la universidad
Romper con los encantos de la vida galante
Interrumpirlo todo
Con el objeto de satisfacer los caprichos de tres ancianas
histéricas
Llenas de toda clase de problemas personales

터널

나는 유년기를 고모들 집에서 보냈어
고모들과 친밀하게 지내던 아저씨가 죽고 나서
그의 유령이 고모들을 매정하게 괴롭혔지
삶을 버텨내기 힘들 정도로.

나는 고모들의 전보를 무시했어
다른 시대의 언어가 담긴 편지였으니까
신화적인 암시와
나로선 알 수 없는 이름들이 가득했는데
고대의 현자라 일컬어지는 사람들이거나
중요하지 않은 중세 철학자들이거나
단순히 고모들이 살던 동네의 이웃들이었지.

대학 신입생 시절의 즐거움을 포기하고
방탕한 삶이 주는 쾌락을 단절했어
그 모든 것을 중단했지
히스테릭한 늙은 고모 세 명의 변덕을 달래주기 위해서
온갖 종류의 개인적인 문제에 짓눌린 고모들을 위해서
그리하여, 나 같은 성격의 인간에게 남은 건,

Resultaba, para una persona de mi carácter,
Un porvenir poco halagador
Una idea descabellada.

Cuatro años viví en El Túnel, sin embargo,
En comunidad con aquellas temibles damas;
Cuatro años de martirio constante
De la mañana a la noche.
Las horas de regocijo que pasé debajo de los árboles
Tornáronse pronto en semanas de hastío
En meses de angustia que yo trataba de disimular al máximo
Con el objeto de no despertar curiosidad en torno a mi persona,
Tornáronse en años de ruina y de miseria
En siglos de prisión vividos por mi alma
En el interior de una botella de mesa.

Mi concepción espiritualista del mundo
Me situó ante los hechos en un plano de franca inferioridad:
Yo lo veía todo a través de un prisma
En el fondo del cual las imágenes de mis tías se entrelazaban como hilos vivientes

전망이라고는 없는 미래
터무니없는 생각.

그럼에도, 4년을 나는 '터널' 속에서 살았어,
그 무시무시한 여인들과의 공동생활,
끊임없는 고난의 4년
새벽에서 자정까지.
나무 아래에서 보내던 환희의 시간들은
곧장 권태의 나날로 바뀌었지
나에 대한 호기심을 일깨우지 않기 위해
최대한으로 감추려 했던 번민의 다달,
수년에 걸친 고통과 비참,
물병 속에 갇힌 나의 영혼이 보낸
수세기 동안의 수감 생활.

나의 유심론적인 세계관은
그런 사건들을 겪으며 처참한 기분을 맛봤지.
나는 프리즘을 통해 모든 것을 보았어
깊숙한 곳에서 살아 있는 실처럼 서로를 얽고 있는 고모들
　　의 형상이
꿰뚫을 수 없는 촘촘한 그물을 형성하면서
점점 더 나의 시야를 가로막았지.

Formando una especie de malla impenetrable
Que hería mi vista haciéndola cada vez más ineficaz.

Un joven de escasos recursos no se da cuenta de las cosas.
Él vive en una campana de vidrio que se llama Arte
Que se llama Lujuria, que se llama Ciencia
Tratando de establecer contacto con un mundo de relaciones
Que sólo existen para él y para un pequeño grupo de
amigos.

Bajo los efectos de una especie de vapor de agua
Que se filtraba por el piso de la habitación
Inundando la atmósfera hasta hacerlo todo invisible
Yo pasaba las noches ante mi mesa de trabajo
Absorbido en la práctica de la escritura automática.

Pero para qué profundizar en estas materias desagradables:
Aquellas matronas se burlaron miserablemente de mí
Con sus falsas promesas, con sus extrañas fantasías
Con sus dolores sabiamente simulados
Lograron retenerme entre sus redes durante años
Obligándome tácitamente a trabajar para ellas

›

가진 게 없는 젊은 남자는 사태를 파악하지 못해.
그는 '욕망'이라 불리기도 하고 '과학'이라 불리기도 하는
'예술'이라는 유리종 속에 살고 있지
오직 그와 몇 명의 친구들 사이에서만 존재하는
관계로 얽힌 세계와 접속을 시도하면서.

방바닥으로 슬금슬금 스며 나오다가
모든 것이 눈에 보이지 않을 때까지 대기를 잠식하는
일종의 수증기 같은 것의 영향을 받아가며
나는 매일 밤 작업 테이블 앞에서 지냈어
자동기술법을 연마하면서.

하지만 어째서 이런 유쾌하지 않은 일에 빠지고 마는 걸까,
중년의 고모들은 나를 끔찍하게 놀려댔어
거짓 약속들로, 기이한 환상으로
교묘하게 조작된 고통으로
몇 년 동안 나를 자신들의 그물 속에 성공적으로 옥죄었지
암암리에 내가 자신들을 위해 일해야 한다고 강요하면서
농작일이나
가축들을 사고파는 일
어느 날 밤, 열쇠 구멍을 통해 보았지

En faenas de agricultura

En compraventa de animales

Hasta que una noche, mirando por la cerradura

Me impuse que una de ellas

¡Mi tía paralítica!

Caminaba perfectamente sobre la punta de sus piernas

Y volví a la realidad con un sentimiento de los demonios.

고모들 중 한 명에게 뒤통수를 맞았어
중풍을 앓는 줄 알았는데!
고모는 발끝으로 완벽하게 걷고 있었던 거야
그리하여 나는 귀신에 홀린 기분으로 현실로 돌아오게 되었지.

LA VÍBORA

Durante largos años estuve condenado a adorar a una mujer
despreciable
Sacrificarme por ella, sufrir humillaciones y burlas sin
cuento,
Trabajar día y noche para alimentarla y vestirla
Llevar a cabo algunos delitos, cometer algunas faltas,
A la luz de la luna realizar pequeños robos,
Falsificaciones de documentos comprometedores,
So pena de caer en descrédito ante sus ojos fascinantes.
En horas de comprensión solíamos concurrir a los parques
Y retratarnos juntos manejando una lancha a motor,
O nos íbamos a un café danzante
Donde nos entregábamos a un baile desenfrenado
Que se prolongaba hasta altas horas de la madrugada.
Largos años viví prisionero del encanto de aquella mujer
Que solía presentarse a mi oficina completamente desnuda
Ejecutando las contorsiones más difíciles de imaginar
Con el propósito de incorporar mi pobre alma a su órbita
Y, sobre todo, para extorsionarme hasta el último centavo.

독사

오랫동안 나는 야비한 여자를 받들어 모셨어
그녀를 위해 나를 희생하고, 끝없는 굴욕과 조롱을 참아
내고,
그녀를 먹이고 입히기 위해 밤낮으로 일하고
몇 차례 죄를 짓고, 몇 차례 나쁜 짓을 저지르고,
달빛 아래에서 소소한 도둑질을 행하고,
또 문서를 위조하기도 했지,
매혹적인 그녀의 시선이 날 경멸하며 바라볼 것이 두려워서.
서로를 이해할 수 있던 시절 우리는 공원에서 만났고
함께 모터보트를 조작하는 모습을 사진으로 남기거나,
아니면 댄스 클럽에 가곤 했어
우리는 이성의 끈을 풀어 헤친 채 춤에 탐닉했고
그것은 꼭두새벽까지 이어졌지.
오랜 시간 그 여자의 매력에 사로잡혀 지냈어
그녀는 빨가벗은 채 나의 사무실에 나타나
상상치도 못할 기괴한 몸짓을 보이곤 했지
나의 가련한 영혼을 자신의 궤도로 끌어들이려고,
그리고, 무엇보다도, 내 마지막 한 푼까지 등쳐 먹으려고.
그녀는 내가 가족과 연락하는 것을 철저하게 금지했어.

Me prohibía estrictamente que me relacionase con mi familia.
Mis amigos eran separados de mí mediante libelos infamantes
Que la víbora hacía publicar en un diario de su propiedad.
Apasionada hasta el delirio no me daba un instante de tregua,
Exigiéndome perentoriamente que besara su boca
Y que contestase sin dilación sus necias preguntas
Varias de ellas referentes a la eternidad y a la vida futura
Temas que producían en mí un lamentable estado de ánimo,
Zumbidos de oídos, entrecortadas náuseas, desvanecimientos prematuros
Que ella sabía aprovechar con ese espíritu práctico que la caracterizaba
Para vestirse rápidamente sin pérdida de tiempo
Y abandonar mi departamento dejándome con un palmo de narices.

Esta situación se prolongó por más de cinco años.
Por temporadas vivíamos juntos en una pieza redonda
Que pagábamos a medias en un barrio de lujo cerca del

중상모략 기사를 자기 소유의 신문에 게재함으로써
이 독사는 내 친구들을 나에게서 떨어뜨려 놓았지.
정신착란에 가까운 그녀의 열정은 잠시도 멈추지 않았는데,
입술에 키스를 해달라거나
터무니없는 질문에 즉각 답해달라고 떼를 썼어
영생이나 사후의 삶과 관련된 다양한 질문들
나의 정신 건강을 위태롭게 만들거나,
귀울림, 간헐적 구역질, 갑작스레 실신을 유발하는 주제들
전매특허의 실용적인 영혼을 소유했던 그녀는
시간 낭비 없이 재빨리 옷을 입고
기대를 배반하며 나의 집을 떠나버렸지.

이런 상황은 5년 이상 지속됐어.
한동안 우리는 둥근 방에서 함께 살았는데
묘지 근처의 호화 주택지에 있는 곳으로 방값은 반반씩 지불했지.
(어떤 밤엔 둘만의 달콤한 시간을 방해받기도 했어
창문 틈으로 비집고 들어오는 쥐새끼들을 처리해야 했으니까.)

독사는 주도면밀하게 가계부를 가지고 다니면서

cementerio.

(Algunas noches hubimos de interrumpir nuestra luna de miel

Para hacer frente a las ratas que se colaban por la ventana.)

Llevaba la víbora un minucioso libro de cuentas

En el que anotaba hasta el más mínimo centavo que yo le pedía en préstamo;

No me permitía usar el cepillo de dientes que yo mismo le había regalado

Y me acusaba de haber arruinado su juventud:

Lanzando llamas por los ojos me emplazaba a comparecer ante el juez

Y pagarle dentro de un plazo prudente parte de la deuda

Pues ella necesitaba ese dinero para continuar sus estudios.

Entonces hube de salir a la calle y vivir de la caridad pública,

Dormir en los bancos de las plazas,

Donde fui encontrado muchas veces moribundo por la policía

Entre las primeras hojas del otoño.

Felizmente aquel estado de cosas no pasó más adelante,

Porque cierta vez en que yo me encontraba en una plaza

내가 빌려간 땡전 한 푼도 빼먹지 않고 기록해뒀어,
그녀는 내가 선물해준 칫솔도 사용하지 못하게 했고
자신의 젊음을 망쳤다며 나를 비난했어,
눈에서 불꽃을 뿜어내며 나를 법정에 세우더니
빚의 일부를 기한 안에 지불하게 했지
공부를 계속하려면 그 돈이 필요했으니까.
그 후 나는 거리로 쫓겨나 보호소에서 지내야 했고,
광장의 벤치에서 잠들어야 했는데,
낙엽이 지기 시작하던 가을 무렵에는
죽을 뻔한 상태로 경찰에게 발견되는 것도 부지기수였어.
다행히 상황이 더 악화되지는 않았는데,
왜냐하면 언젠가 광장에 있다가
사진기 앞에서 포즈를 취하던 중
한 여자가 다정한 손길로 내 눈을 가리고
내가 사랑했던 목소리로 물어왔으니까, 나 누구게.
너는 내 사랑, 나는 차분하게 대답했어.
나의 천사, 그녀가 조바심치며 말했지.
다시 한 번 네 무릎에 앉도록 허락해줘!
그제야 나는 그녀가 타파라보스* 차림인 걸 알 수 있었어.
잊을 수 없는 만남이었지, 비록 불협화음으로 가득했을지
언정.
도살장에서 멀지 않은 곳에 땅을 조금 샀어, 그녀가 외쳤지,

también

Posando frente a una cámara fotográfica

Unas deliciosas manos femeninas me vendaron de pronto la vista

Mientras una voz amada para mí me preguntaba quién soy yo.

Tú eres mi amor, respondí con serenidad.

¡Ángel mío, dijo ella nerviosamente,

Permite que me siente en tus rodillas una vez más!

Entonces pude percatarme de que ella se presentaba ahora provista de un pequeño taparrabos.

Fue un encuentro memorable, aunque lleno de notas discordantes:

Me he comprado una parcela, no lejos del matadero, exclamó,

Allí pienso construir una especie de pirámide

En la que podamos pasar los últimos días de nuestra vida.

Ya he terminado mis estudios, me he recibido de abogado,

Dispongo de un buen capital;

Dediquémonos a un negocio productivo, los dos, amor mío, agregó,

Lejos del mundo construyamos nuestro nido.

피라미드 같은 걸 지을 생각이야

거기서 우리 함께 여생을 보낼 수 있을 거야.

이제 공부는 다 끝났어, 변호사 자격증을 땄거든,

통장에 돈이 조금 있어,

사업을 하는 거야, 우리 둘이, 자기야, 그녀가 덧붙였지,

세상과 멀리 떨어진 곳에 우리의 보금자리를 만들자.

바보 같은 소리 하지 마, 내가 답했지, 너를 못 믿겠어.

당장 내 진짜 아내를 생각해봐

우리 모두가 끔찍한 상황에 빠질 수 있어.

자식들도 이제 다 컸고, 시간이 많이 흘렀어,

난 완전히 지쳤어, 잠깐 쉬게 해줘,

물 좀 줄래, 여보,

아무데서나 먹을 걸 좀 가져다줘,

배고파 죽을 거 같아,

더 이상 널 위해 일할 수 없어,

우리 사이는 완전히 끝났어.

Basta de sandeces, repliqué, tus planes me inspiran desconfianza,
Piensa que de un momento a otro mi verdadera mujer
Puede dejarnos a todos en la miseria más espantosa.
Mis hijos han crecido ya, el tiempo ha transcurrido,
Me siento profundamente agotado, déjame reposar un instante,
Tráeme un poco de agua, mujer,
Consígueme algo de comer en alguna parte,
Estoy muerto de hambre,
No puedo trabajar más para ti,
Todo ha terminado entre nosotros.

• 성기와 사타구니 주변만 가리고 끈으로 묶은 천 조각

LA TRAMPA

Por aquel tiempo yo rehuía las escenas demasiado misteriosas.
Como los enfermos del estómago que evitan las comidas pesadas,
Prefería quedarme en casa dilucidando algunas cuestiones
Referentes a la reproducción de las arañas,
Con cuyo objeto me recluía en el jardín
Y no aparecía en público hasta avanzadas horas de la noche;
O también en mangas de camisa, en actitud desafiante,
Solía lanzar iracundas miradas a la luna
Procurando evitar esos pensamientos atrabiliarios
Que se pegan como pólipos al alma humana.
En la soledad poseía un dominio absoluto sobre mí mismo,
Iba de un lado a otro con plena conciencia de mis actos
O me tendía entre las tablas de la bodega
A soñar, a idear mecanismos, a resolver pequeños problemas de emergencia.
Aquellos eran los momentos en que ponía en práctica mi célebre método onírico,

덫

그즈음 나는 너무 기이한 광경들은 받아들이지 못했다.

기름진 음식을 피하는 복통 환자처럼,

정원에 틀어박힌 채

거미의 번식 따위의 문제들에 골몰하며

집에 있는 편이 더 좋았다

밤늦은 시간 아니면 공공장소에 모습을 드러내지 않았다,

아니면 소매를 걷어붙이고, 도전적인 몸짓으로,

달빛을 향해 분노의 시선을 내뿜곤 했다

인간의 영혼에 해파리처럼 들러붙는

침울한 생각들을 떨치려 애쓰며.

고독할 때면 나는 나 자신을 온전히 독점했다,

나의 행동 하나하나를 의식하며 곳곳을 쏘다니거나

주점 테이블 사이에 드러누웠다

꿈을 꾸려고, 작동 원리를 생각하려고, 사소하지만 긴급한
　　문제들을 해결하려고.

저세상의 힘을 빌려 진작 마련해둔 광경을 떠올리며

스스로를 조작해 원하는 것을 꿈꾸게 하는

꿈 제작을 위한 내 고명한 방식을 실천하는 순간이었다.

이런 방식으로 귀중한 정보들을 얻을 수 있었다

Que consiste en violentarse a sí mismo y soñar lo que se desea,
En promover escenas preparadas de antemano con participación del más allá.
De este modo lograba obtener informaciones preciosas
Referentes a una serie de dudas que aquejan al ser:
Viajes al extranjero, confusiones eróticas, complejos religiosos.
Pero todas las precauciones eran pocas
Puesto que por razones difíciles de precisar
Comenzaba a deslizarme automáticamente por una especie de plano inclinado,
Como un globo que se desinfla mi alma perdía altura,
El instinto de conservación dejaba de funcionar
Y privado de mis prejuicios más esenciales
Caía fatalmente en la trampa del teléfono
Que como un abismo atrae a los objetos que lo rodean
Y con manos trémulas marcaba ese número maldito
Que aún suelo repetir automáticamente mientras duermo.
De incertidumbre y de miseria eran aquellos segundos
Es que yo, como un esqueleto de pie delante de esa mesa del infierno

우리 존재에 영향을 미치는 일련의 질문들,
해외여행, 성적인 방종, 종교 시설들.
그러나 명확히 규정하기가 어려웠기에
대비책은 전부 무용했고
미끄럼틀에 앉은 듯 저절로 미끄러지기 시작했으며
바람 빠진 풍선처럼 내 영혼은 고도를 잃었다,
기능을 상실한 자기 보존 본능
박탈당한 필수 예견들
나는 숙명적으로 전화라는 덫에 빠지고 말았다
심연처럼 주위를 끌어당기는 덫
떨리는 손으로 저주받은 번호를 눌렀다
자는 동안에도 여전히 술술 되뇌는 그 번호를.
불확실하면서도 비참한 순간들
나는 노란 크레톤 천으로 덮인
지옥의 탁자, 그 앞에 선 해골처럼
세상의 또 다른 끝에서 도래할 대답을 기다렸다,
구덩이에 빠진 내 존재의 나머지 절반을.
간헐적으로 이어지는 전화벨 소리가
나에겐 치과 의사의 천공기처럼 작용하여,
높은 곳에서 떨어진 바늘처럼 내 영혼에 파고들었다
그리고, 바로 그 순간에 이르러,
나는 땀이 나기 시작했고 격렬하게 말을 더듬었다.

Cubierta de una cretona amarilla,

Esperaba una respuesta desde el otro extremo del mundo,

La otra mitad de mi ser prisionera en un hoyo.

Esos ruidos entrecortados del teléfono

Producían en mí el efecto de las máquinas perforadoras de los dentistas,

Se incrustaban en mi alma como agujas lanzadas desde lo alto

Hasta que, llegado el momento preciso,

Comenzaba a transpirar y a tartamudear febrilmente.

Mi lengua parecida a un biftec de ternera

Se interponía entre mi ser y mi interlocutora

Como esas cortinas negras que nos separan de los muertos.

Yo no deseaba sostener esas conversaciones demasiado íntimas

Que, sin embargo, yo mismo provocaba en forma torpe

Con mi voz anhelante, cargada de electricidad.

Sentirme llamado por mi nombre de pila

En ese tono de familiaridad forzada

Me producía malestares difusos,

Perturbaciones locales de angustia que yo procuraba conjurar

A través de un método rápido de preguntas y respuestas

Creando en ella un estado de efervescencia pseudoerótico

송아지 스테이크 같은 나의 혀가
마치 죽은 자들과 우리를 구분해주는 검은 막처럼
나라는 존재와 나의 대화 상대 사이에 끼어들었다
나는 너무 친밀한 대화를 지속하고 싶지는 않았다
그것은, 그렇지만, 감전이라도 된 듯 떨리는 목소리로
나 자신이 유발했던 일이었다.
나는 세례명으로 불리고 있음을 알아챘다
억지로 친한 체하는 목소리였다
그것은 모호한 불쾌감과,
피하려고 했던 어떤 불안정한 혼란을 야기했다
빠르게 묻고 답하는 식으로 대화하며
그녀에게서 뿜어 나오던 짐짓 유혹적인 태도가
종국에는 나 자신에게 영향을 끼쳤으니
나는 살짝 발기된 상태로 좌절감을 느끼고 말았다.
그때 나는 웃음을 터뜨렸지만 그러는 동안 정신적인 허탈
　　함에 빠져들었다.
그런 어처구니없는 수다가 몇 시간이고 이어졌다
칸막이 뒤에서 집주인 여자가 나타날 때까지.
그리하여 어리석은 연애 놀음은 돌연 중단되었다.
천국에 가길 소망하는 자의 몸부림과
내 정신을 좀먹는 치명적인 재앙은
내가 수화기를 놓고도 도무지 끝나지 않았는데

Que a la postre venía a repercutir en mí mismo
Bajo la forma de incipientes erecciones y de una sensación de fracaso.
Entonces me reía a la fuerza cayendo después en un estado de postración mental.
Aquellas charlas absurdas se prolongaban algunas horas
Hasta que la dueña de la pensión aparecía detrás del biombo
Interrumpiendo bruscamente aquel idilio estúpido,
Aquellas contorsiones de postulante al cielo
Y aquellas catástrofes tan deprimentes para mi espíritu
Que no terminaban completamente con colgar el teléfono
Ya que, por lo general, quedábamos comprometidos
A vernos al día siguiente en una fuente de soda
O en la puerta de una iglesia de cuyo nombre no quiero acordarme.

그러니까, 이른바, 우리는 약혼 관계를 맺은 적이 있었던
    것이다
이튿날 우리는 만나기로 했다, 카페에서
아니면 기억하고 싶지 않은 이름의 교회 문 앞에서.

LOS VICIOS DEL MUNDO MODERNO

Los delincuentes modernos
Están autorizados para concurrir diariamente a parques y jardines.
Provistos de poderosos anteojos y de relojes de bolsillo
Entran a saco en los kioskos favorecidos por la muerte
E instalan sus laboratorios entre los rosales en flor.
Desde allí controlan a fotógrafos y mendigos que deambulan por los alrededores
Procurando levantar un pequeño templo a la miseria
Y si presenta la oportunidad llegan a poseer a un lustrabotas melancólico.
La policía atemorizada huye de estos monstruos
En dirección del centro de la ciudad
En donde estallan los grandes incendios de fines de año
Y un valiente encapuchado pone manos arriba a dos madres de la caridad.
Los vicios del mundo moderno:
El automóvil y el cine sonoro,
Las discriminaciones raciales,

현대 세계의 악덕

현대의 범죄자들은
공원이나 정원에 매일 모이는 걸 허가받은 존재들.
성능 좋은 쌍안경과 회중시계로 무장한 채
죽음의 총애를 받는 가판대로 쳐들어가고
활짝 핀 장미 사이에 실험실을 세운다.
거기에서 그들은 사진가들이나 주변을 떠돌아다니는 거지
    들을 통솔하며
작은 사원을 세우려 비참하게 애쓴다
운이 좋으면 우수에 젖은 구두닦이를 붙잡을 수 있겠지.
겁먹은 경찰은 이런 괴물들로부터 도망쳐
곧장 도시 중심부로
연말에 불꽃놀이가 한창인 곳으로 향한다
두건을 쓴 용사는 두 명의 수녀에게 총구를 겨눈다.
현대 세계의 악덕은 다음과 같다.
자동차와 유성 영화,
인종 차별,
인디언 소탕,
대형 금융 사기,
노인들의 불행,

El exterminio de los pieles rojas,
Los trucos de la alta banca,
La catástrofe de los ancianos,
El comercio clandestino de blancas realizado por sodomitas
internacionales,
El autobombo y la gula
Las Pompas Fúnebres
Los amigos personales de su excelencia
La exaltación del folklore a categoría del espíritu,
El abuso de los estupefacientes y de la filosofía,
El reblandecimiento de los hombres favorecidos por la
fortuna
El autoerotismo y la crueldad sexual
La exaltación de lo onírico y del subconsciente en desmedro
del sentido común,
La confianza exagerada en sueros y vacunas,
El endiosamiento del falo,
La política internacional de piernas abiertas patrocinada por
la prensa reaccionaria,
El afán desmedido de poder y de lucro,
La carrera del oro,
La fatídica danza de los dólares,

남색자들이 국제적으로 행하는 불법 매춘,

자화자찬과 폭식,

호화로운 장례식,

각하의 사적인 친구들,

독실한 민간신앙 숭배,

철학과 마약의 남용,

운수 좋은 사람들의 약세,

자위와 성적 학대,

상식에 반하는 잠재의식이나 꿈에 대한 찬양,

혈청과 백신에 대한 과도한 신뢰,

거만한 남근,

반동 언론으로부터 보호받는 꼭두각시 국제 경찰,

권력과 부를 향한 고삐 풀린 욕망,

일확천금,

달러의 불길한 사교댄스,

투기와 낙태,

우상 파괴,

교육 심리학과 식이요법의 과잉 발달,

춤과 담배와 도박의 악덕,

신혼부부의 이불 위에서 발견되곤 하는 핏방울,

바다의 광기,

광장공포증과 폐소공포증,

La especulación y el aborto,
La destrucción de los ídolos,
El desarrollo excesivo de la dietética y de la psicología
pedagógica,
El vicio del baile, del cigarrillo, de los juegos de azar,
Las gotas de sangre que suelen encontrarse entre las sábanas
de los recién desposados,
La locura del mar,
La agorafobia y la claustrofobia,
La desintegración del átomo,
El humorismo sangriento de la teoría de la relatividad,
El delirio de retorno al vientre materno,
El culto de lo exótico,
Los accidentes aeronáuticos,
Las incineraciones, las purgas en masa, la retención de los
pasaportes,
Todo esto porque sí,
Porque produce vértigo,
La interpretación de los sueños
Y la difusión de la radiomanía.

Como queda demostrado,

핵폭탄,

상대성이론에 대한 잔학한 유머,

자궁으로 회귀하려는 망상,

이국적인 것에 대한 숭배,

항공 사고,

소각, 대량 학살, 여권 소지,

이 모든 것의 목적은 그저

현기증 유발,

꿈의 해석과

라디오 매니아의 확산.

보시다시피,

현대 세계는 죽음을 닮은 유리병 속에서 키운

인공적인 꽃들로 이루어지고,

무비 스타들과

달빛 아래의 피투성이 권투 선수들에 의해 형성되며,

설명하기 쉬운 몇 가지 작동 원리로 국가의 경제활동을 통
제하는

꾀꼬리 같은 목소리의 사람들로 구성된다.

그들은 가을의 선구자라도 되는 듯 대개 검은 옷을 입으며

식물의 뿌리와 천연 약초로 영양보충을 한다.

그러는 동안 현자들은, 쥐에게 물어뜯긴 채

El mundo moderno se compone de flores artificiales,
Que se cultivan en unas campanas de vidrio parecidas a la muerte,
Está formado por estrellas de cine,
Y de sangrientos boxeadores que pelean a la luz de luna,
Se compone de hombres ruiseñores que controlan la vida económica de los países
Mediante algunos mecanismos fáciles de explicar;
Ellos visten generalmente de negro como los precursores del otoño
Y se alimentan de raíces y de hierbas silvestres.
Entretanto los sabios, comidos por las ratas,
Se pudren en los sótanos de las catedrales,
Y las almas nobles son perseguidas implacablemente por la policía.

El mundo moderno es una gran cloaca:
Los restaurantes de lujo están atestados de cadáveres digestivos
Y de pájaros que vuelan peligrosamente a escasa altura.
Esto no es todo: Los hospitales están llenos de impostores,
Sin mencionar a los herederos del espíritu que establecen

대성당의 지하실에서 썩어가고,
고귀한 영혼들은 경찰에 의해 무자비하게 쫓긴다.

현대 세계는 거대한 하수관이다.
호화 레스토랑은 소화시키느라 바쁜 시체들과
위태롭게 저공비행하는 새들로 빼곡하다.
이것이 전부가 아니다, 병원은 사기꾼들로 발 디딜 틈이
없다,
수술할 때마다 똥구멍으로 뒷돈을 챙기는 영적 후계자들은
말할 것도 없거니와.
현대의 제조 노동자들은 오염된 공기에 괴로워하며
재봉틀 옆에서 무시무시한 불면증에 걸리곤 하여
결국엔 천사나 다름 없는 존재가 된다.
그들은 물질세계에서 존재하기를 거부하고
관 속의 가련한 아이들이 되는 것에 자부심을 느낀다.
그렇지만, 세계는 항상 그래왔다.
진실은, 아름다움과 마찬가지로, 만들어지지도 사라지지도
않으며
시는 사물들 속에 자리하거나 아니면 단순히 정신적인 신
기루에 불과하다.
나는 알고 있다 강한 지진이
유서 깊은 도시를 몇 초 만에 끝장낼 수 있다는 것을

sus colonias en el ano de los recién operados.
Los industriales modernos sufren a veces el efecto de la atmósfera envenenada,
Junto a las máquinas de tejer suelen caer enfermos del espantoso mal del sueño
Que los transforma a la larga en unas especies de ángeles.
Niegan la existencia del mundo físico
Y se vanaglorian de ser unos pobres hijos del sepulcro.
Sin embargo, el mundo ha sido siempre así.
La verdad, como la belleza, no se crea ni se pierde
Y la poesía reside en las cosas o es simplemente un espejismo del espíritu.
Reconozco que un terremoto bien concebido
Puede acabar en algunos segundos con una ciudad rica en tradiciones
Y que un minucioso bombardeo aéreo
Derribe árboles, caballos, tronos, música.
Pero qué importa todo esto
Si mientras la bailarina más grande del mundo
Muere pobre y abandonada en una pequeña aldea del sur de Francia
La primavera devuelve al hombre una parte de las flores

그리고 무자비한 공중 폭격이
나무, 말, 왕좌, 음악을 무너뜨릴 수 있다는 것을.
하지만 이 모든 것이 뭐가 중요한가
만약 세상에서 가장 위대한 발레리나가
프랑스 남부의 작은 마을에 버려져 외로이 죽어가는 동안
봄이 인간에게 사라진 꽃들을 조금이라도 되돌려준다면.

조언하건대, 행복해지기 위해 노력하자, 인간의 비참한 골수를 빨아대면서,
거기에서 회복의 음료를 추출하자.
각자의 기질을 좇자
이 신성한 거죽을 꽉 붙들자!
헐떡이면서 무서움에 떨면서
우리를 미치게 하는 이 입술을 빨아들이자.
주사위는 던져졌다.
짜증나고 파괴적이며 맥 빠지는 향기를 흡입하고
이 선택받은 인생을 하루 더 살자.
남자는 겨드랑이에서 우상의 얼굴을 주조하는 데 필요한 왁스를 추출한다.
그리고 여자와의 성교로 신전을 짓는 데 필요한 진흙과 밀짚을 추출한다.
그 모든 것을 통해

desaparecidas.

Tratemos de ser felices, recomiendo yo, chupando la miserable costilla humana.
Extraigamos de ella el líquido renovador,
Cada cual de acuerdo con sus inclinaciones personales.
¡Aferrémonos a esta piltrafa divina!
Jadeantes y tremebundos
Chupemos estos labios que nos enloquecen;
La suerte está echada.
Aspiremos este perfume enervador y destructor
Y vivamos un día más la vida de los elegidos:
De sus axilas extrae el hombre la cera necesaria para forjar el rostro de sus ídolos.
Y del sexo de la mujer la paja y el barro de sus templos.
Por todo lo cual
Cultivo un piojo en mi corbata
Y sonrío a los imbéciles que bajan de los árboles.

나는 넥타이에 머릿니를 키우고

나무에서 내려오는 멍청이들에게 미소를 짓는다.

LAS TABLAS

Soñé que me encontraba en un desierto y que hastiado de mí mismo
Comenzaba a golpear a una mujer.
Hacía un frío de los demonios; era necesario hacer algo,
Hacer fuego, hacer un poco de ejercicio;
Pero a mí me dolía la cabeza, me sentía fatigado
Sólo quería dormir, quería morir.
Mi traje estaba empapado de sangre
Y entre mis dedos se veían algunos cabellos
—Los cabellos de mi pobre madre—
«Por qué maltratas a tu madre» me preguntaba entonces una piedra
Una piedra cubierta de polvo «por qué la maltratas».
Yo no sabía de dónde venían esas voces que me hacían temblar
Me miraba las uñas y me las mordía,
Trataba de pensar infructuosamente en algo
Pero sólo veía en torno a mí un desierto
Y veía la imagen de ese ídolo

석판

꿈을 꿨다 나는 사막에 있었고 나 자신에게 진저리를 치며
한 여자를 두들겨 패기 시작했다.
악마도 얼어붙을 만큼 추웠기에 뭔가 해야 했다,
불을 지폈고, 가벼운 운동을 했다.
하지만 머리가 아팠고, 피로감이 느껴졌기에
그저 잠들고 싶었다, 죽고 싶었다.
내 옷은 피로 흠뻑 젖어 있었고
손가락 사이에서 몇 가닥 머리카락이 보였다
—불쌍한 내 어머니의 머리카락—
"왜 네 어머니에게 폭력을 휘두르는가?" 그때 어떤 돌이 나
에게 물었다
먼지로 뒤덮인 돌이었다 "왜 그녀에게 폭력을 휘두르는
가?"
나는 나를 떨리게 하는 그 목소리가 어디에서 들려오는지
알 수 없었다
나는 손톱을 바라보다가 그것을 물어뜯었다,
부질없게도 뭔가를 생각하려 했지만
내 주위에 보이는 것은 오직 사막
그리고 우상의 이미지

Mi dios que me miraba hacer estas cosas.

Aparecieron entonces unos pájaros

Y al mismo tiempo en la obscuridad descubrí unas rocas.

En un supremo esfuerzo logré distinguir las tablas de la ley:

«Nosotras somos las tablas de la ley» decían ellas

«Por qué maltratas a tu madre»

«Ves esos pájaros que se han venido a posar sobre nosotras»

«Ahí están ellos para registrar tus crímenes»

Pero yo bostezaba, me aburría de estas admoniciones

«Espanten esos pájaros» dije en voz alta

«No» respondió una piedra

«Ellos representan tus diferentes pecados»

«Ellos están ahí para mirarte»

Entonces yo me volví de nuevo a mi dama

Y le empecé a dar más firme que antes

Para mantenerse despierto había que hacer algo

Estaba en la obligación de actuar

So pena de caer dormido entre aquellas rocas

Aquellos pájaros.

Saqué entonces una caja de fósforos de uno de mis bolsillos

Y decidí quemar el busto del dios

Tenía un frío espantoso, necesitaba calentarme

이런 짓을 저지른 나를 보고 있던 나의 신.
그때 몇 마리 새들이 나타났고
그와 동시에 나는 어둠 속에서 암석을 발견했다.
법률이 새겨진 석판들을 간신히 분간해낼 수 있었다.
"우리는 법률의 석판이다" 그들이 말했다
"왜 네 어머니에게 폭력을 휘두르는가
우리 위에 내려 앉은 이 새들을 보라
이들은 너의 죄악을 기록하려고 온 것이다."
하지만 나는 하품이 났다, 이런 경고가 지루했다
"새들을 쫓아내" 내가 큰소리로 말하자
"아니" 돌이 대답했다
"이들은 너의 여러 악행을 상징한다
이들은 너를 지켜보려고 여기 있는 것이다"
그 후 나는 나의 귀부인께 다시 돌아갔고
전보다 더욱 거칠게 그녀를 대했다
계속 깨어 있기 위해 뭔가를 해야 했다
그 암석들 사이에서
그 새들 사이에서 잠에 빠져드는 고통을 받으며
행동해야 할 의무가 있었다
그때 나는 주머니에서 성냥갑을 꺼내
신의 흉상을 불태우기로 마음먹었다
무시무시하게 추웠기에, 몸을 데울 필요가 있었지만

Pero este fuego sólo duró algunos segundos.

Desesperado busqué de nuevo las tablas

Pero ellas habían desaparecido:

Las rocas tampoco estaban allí

Mi madre me había abandonado.

Me toqué la frente; pero no:

Ya no podía más.

불은 고작 몇 초간 타오를 뿐이었다.

필사적으로 다시 석판을 찾아보았지만

그들은 이미 사라져버렸다,

거기엔 암석들도 없었다

어머니는 나를 단념했다.

이마를 내리쳤지만, 없었다,

더 이상 할 수 있는 것이 없었다.

SOLILOQUIO DEL INDIVIDUO

Yo soy el Individuo.

Primero viví en una roca

(Allí grabé algunas figuras).

Luego busqué un lugar más apropiado.

Yo soy el Individuo.

Primero tuve que procurarme alimentos,

Buscar peces, pájaros, buscar leña,

(Ya me preocuparía de los demás asuntos).

Hacer una fogata,

Leña, leña, dónde encontrar un poco de leña,

Algo de leña para hacer una fogata,

Yo soy el Individuo.

Al mismo tiempo me pregunté,

Fui a un abismo lleno de aire;

Me respondió una voz:

Yo soy el Individuo.

Después traté de cambiarme a otra roca,

Allí también grabé figuras,

Grabé un río, búfalos,

개인의 독백

나는 개인이다.
처음엔 바위 안에 살았다
(거기에 몇 가지 그림을 새겨놓았다).
그 후 좀 더 살 만한 장소를 찾아보았다.
나는 개인이다.
처음엔 먹을 것을 찾아야 했다,
물고기를 낚고, 새를 잡고, 땔감을 찾아다녔다
(나머지 문제들은 나중에 생각하겠다).
불을 지피고,
땔감, 땔감, 어디에서 땔감을 구할 것인가,
불을 지피기 위한 땔감을,
나는 개인이다.
동시에 나는 자문했다,
바람 가득한 심연으로 갔다,
어떤 목소리가 나에게 답했다
나는 개인이다.
그 후 다른 바위로 거처를 바꾸고자 했다,
거기에도 역시 그림을 새겨놓았다,
강물과 버팔로를 새겼고,

Grabé una serpiente

Yo soy el Individuo.

Pero no. Me aburrí de las cosas que hacía,

El fuego me molestaba,

Quería ver más,

Yo soy el Individuo.

Bajé a un valle regado por un río.

Allí encontré lo que necesitaba,

Encontré un pueblo salvaje,

Una tribu,

Yo soy el Individuo.

Vi que allí se hacían algunas cosas,

Figuras grababan en las rocas,

Hacían fuego, ¡también hacían fuego!

Yo soy el Individuo.

Me preguntaron que de dónde venía.

Contesté que sí, que no tenía planes determinados,

Contesté que no, que de ahí en adelante.

Bien.

Tomé entonces un trozo de piedra que encontré en un río

Y empecé a trabajar con ella,

Empecé a pulirla,

뱀을 새겼다

나는 개인이다.

하지만 아니다. 하던 일들이 싫증났다,

불이 짜증스러웠다,

더 많은 것을 보고 싶었다,

나는 개인이다.

강물이 흐르는 계곡으로 내려갔다.

거기서 발견했다 나에게 필요했던 것을,

발견했다 야만스러운 마을을,

부족을,

나는 개인이다.

그들이 해왔던 것들을 보았다,

그들은 바위에 그림을 새겨놓았다,

그들은 불을 지폈다. 그들 역시 불을 지폈다!

나는 개인이다.

그들은 내가 어디에서 왔는지 물었다.

나는 그렇다고 대답했다 정해진 계획이 없다고,

나는 아니라고 대답했다 이제부터는 아니라고.

좋다.

그 후 나는 강에서 돌멩이 하나를 주워 들었다

그리고 그것으로 작업하기 시작했다,

그것을 반들반들하게 만들었다,

De ella hice una parte de mi propia vida.

Pero esto es demasiado largo.

Corté unos árboles para navegar,

Buscaba peces,

Buscaba diferentes cosas

(Yo soy el Individuo).

Hasta que me empecé a aburrir nuevamente.

Las tempestades aburren,

Los truenos, los relámpagos,

Yo soy el Individuo.

Bien. Me puse a pensar un poco,

Preguntas estúpidas se me venían a la cabeza,

Falsos problemas.

Entonces empecé a vagar por unos bosques.

Llegué a un árbol y a otro árbol,

Llegué a una fuente,

A una fosa en que se veían algunas ratas:

Aquí vengo yo, dije entonces,

¿Habéis visto por aquí una tribu,

Un pueblo salvaje que hace fuego?

De este modo me desplacé hacia el oeste

Acompañado por otros seres,

그것으로 내 인생의 일부를 창작했다.
하지만 이것은 너무나 긴 이야기.
항해를 하기 위해 나무를 잘랐고,
물고기를 찾아다녔고,
많은 것들을 찾아다녔다
(나는 개인이다).
다시 싫증나기 시작할 때까지.
태풍이 싫증났다,
천둥이, 번개가,
나는 개인이다.
좋다. 나는 조금씩 생각하기 시작했다,
멍청한 질문들이 머릿속에 떠올랐다,
두서없는 생각들이.
그러고 나서 숲을 헤매고 다녔다.
한 나무에 다다랐다 그리고 다른 나무에,
그리고 옹달샘에,
쥐새끼 몇 마리가 있는 구덩이에.
나 여기 왔어, 나는 그렇게 말했다,
너희들 여기에서 어떤 부족 본 적 있어?
불 지피는 야만스러운 사람들인데?
그런 식으로 나는 서쪽으로 향했다.
다른 존재들과 함께,

O más bien solo.

Para ver hay que creer, me decían,

Yo soy el Individuo.

Formas veía en la obscuridad,

Nubes tal vez,

Tal vez veía nubes, veía relámpagos,

A todo esto habían pasado ya varios días,

Yo me sentía morir;

Inventé unas máquinas,

Construí relojes,

Armas, vehículos,

Yo soy el Individuo.

Apenas tenía tiempo para enterrar a mis muertos,

Apenas tenía tiempo para sembrar,

Yo soy el Individuo.

Años más tarde concebí unas cosas,

Unas formas,

Crucé las fronteras

Y permanecí fijo en una especie de nicho,

En una barca que navegó cuarenta días,

Cuarenta noches,

Yo soy el Individuo.

아니면 홀로.

보기 위해선 믿어야 해, 그들이 내게 말했다,

나는 개인이다.

암흑 속에서 어떤 형태를 보았고,

구름을 아마도,

아마도 구름을 보았고, 번개를 보았고,

그러는 사이 며칠이 흘렀다,

죽을 것 같았다.

나는 기계들을 발명했다,

시계를 만들었다,

무기를, 차량을,

나는 개인이다.

내 시신을 묻을 시간이 거의 없었다,

씨를 뿌릴 시간이 거의 없었다,

나는 개인이다.

몇 년이 더 지나 어떤 일들을 이해했다,

어떤 형태들을,

나는 국경을 넘었다

그리고 어느 벽감에 틀어박혀 있었다,

배를 타고 항해했다 40일의 낮을,

40일의 밤을,

나는 개인이다.

Luego vinieron unas sequías,

Vinieron unas guerras,

Tipos de color entraron al valle,

Pero yo debía seguir adelante,

Debía producir.

Produje ciencia, verdades inmutables,

Produje tanagras,

Di a luz libros de miles de páginas,

Se me hinchó la cara,

Construí un fonógrafo,

La máquina de coser,

Empezaron a aparecer los primeros automóviles,

Yo soy el Individuo.

Alguien segregaba planetas,

¡Árboles segregaba!

Pero yo segregaba herramientas,

Muebles, útiles de escritorio,

Yo soy el Individuo.

Se construyeron también ciudades,

Rutas,

Instituciones religiosas pasaron de moda,

Buscaban dicha, buscaban felicidad,

그 후 가뭄이 찾아들었다,

전쟁이 일어났다,

피부색이 다른 놈들이 계곡에 들이닥쳤지만,

나는 계속 나아가야 했다,

창조해야 했다.

과학을, 불변의 진리를 창조했다,

몇몇 타나그라•들을 창조했다,

수천 페이지의 책들에 빛을 주었다,

내 얼굴이 부풀어 올랐다,

축음기를 개발했다,

재봉틀을,

최초의 자동차들이 등장하기 시작했다,

나는 개인이다.

누군가 행성을 구분했다,

나무를 구분했다!

하지만 나는 공구를 구분했다,

가구를, 문구류를,

나는 개인이다.

도시 또한 만들어졌다,

고속도로 또한,

종교가 유행을 지났다,

사람들은 기쁨을 찾아다녔다, 행복을 찾아다녔다,

Yo soy el Individuo.

Después me dediqué mejor a viajar,

A practicar, a practicar idiomas,

Idiomas,

Yo soy el Individuo.

Miré por una cerradura,

Sí, miré, qué digo, miré,

Para salir de la duda miré,

Detrás de unas cortinas,

Yo soy el Individuo.

Bien.

Mejor es tal vez que vuelva a ese valle,

A esa roca que me sirvió de hogar,

Y empiece a grabar de nuevo,

De atrás para adelante grabar

El mundo al revés.

Pero no: la vida no tiene sentido.

나는 개인이다.

그 후 나는 몰두했다 더 좋은 여행을 하는 데,

연마하는 데, 언어들을 연마하는 데,

언어들을,

나는 개인이다.

열쇠 구멍을 통해 보았다,

그래, 보았다, 무슨 말이냐면, 보았다,

의구심에서 벗어나기 위해 보았다,

커튼 뒤에서,

나는 개인이다.

좋다.

어쩌면 그 계곡으로 돌아가는 것이 더 나을 것이다,

나의 쉼터였던 바위로,

그리고 다시 새기기 시작하리라,

뒤에서 앞으로 새기리라

뒤집힌 세계를.

하지만 아니다, 인생은 의미 없다.

• 고대 그리스의 도시

반시의 시인 니카노르 파라

용감한 자라면 파라를 따를 것이다.

오직 청년들만이 용감하고,

오직 청년들만이 가장 순수한 영혼을 지녔다.

—로베르토 볼라뇨

파라의 생애

반시의 창조자라고 일컬어지는 니카노르 파라. 그는 1914년 칠레의 남부에 위치한 산 파비안 데 알리코San Fabián de Alico라는 작은 도시에서 여덟 남매 중 첫째로 태어났다. 그의 아버지는 초등학교 선생이었지만 보헤미안 기질과 변덕스러운 태도 탓에 가족은 늘 경제적으로 궁핍했다. 니카노르 파라는 형제들 중 유일하게 중등 교육 이상의 교육을 받았다. 그는 중학생 때 처음으로 시를 썼는데 당시까지만 해도 감성적이고 바로크적인 분위기가 강한 시였다. 그는 장학금을 받으며 고등학교에 입학했고, 1933년 칠레국립대학에 입학해 물리학과 수학을 전공했다.

졸업 후인 1937년, 첫 시집《이름 없는 노래Cancionero sin nombre》가 출간되었다. 페데리코 가르시아 로르카의 영향을 받은 작품이었다. 이듬해 그는 산티아고 시에서 수여하는 시립 시 문학상을 받고, 이후 월트 휘트먼을 즐겨 읽는다. 학업에 대한 열의도 강했던 파라는 다시 장학금 제도를 통해 미국의 브라운대학교에서는 기계공학을, 영국의 옥스퍼드대학교에서는 천문학을 공부한다. 그와 동시에 다양한 고전 유럽 작가들의 작품을 섭렵하고 정신분석의 세계에도 빠져든다.

선진국에서의 다채로운 체험이 1954년에 출간된 그의 두 번째 시집《시와 반시》에 반영된다. 파라는 이 시집을 통해 칠레에서는 물론이거니와 해외에까지 이름을 알린다. 50년대 후반기 5년 동안, 그는 미국, 멕시코를 비롯하여 이탈리아, 스페인, 중국, 러시아 등 유럽과 아시아의 여러 도시를 다니며 강연을 하거나 워크숍에 참여한다. 1960년에는《시와 반시》를 영어로 번역한 비트족 앨런 긴즈버그Allen Ginsberg, 로렌스 퍼링게티Lawrence Ferlinghetti 등과 만나기도 한다. 1969년에는 칠레 국가문학상을 수상한다.

73년에 피노체트 군사 정권이 집권하자 파라는 검열을 피해 시에서 잠시 멀어지기도 하지만, 이후 엘키 그리스도Christo de Elqui라는 얼터 에고를 내세운 시집을 발표하면서 피노체트 독재 정권을 정교하게 비판한다.

82년에 접어들어, 그는 사회주의와 자본주의가 대치하는 냉전 시대에 맞서 생태 환경에 관심을 보이며 환경오염이나 핵폭탄, 세계의 생태 균형을 파괴하는 모든 형태의 산업 개발로부터 인간을 보호하고자 했다. 그가 추구하는 자연 보호에는 인간의 생명 또한 계속되어야 한다는 인식이 전제되어 있었다. 이러한 그의 관심은 《생태시Ecopoemas》(1982)라는 작품을 통해 표출되었는데, 사실 생태 문제에 관한 그의 관심은 작품 활동을 하던 초기부터 드러난 것으로, 이 책에 실려 있는 〈나무 보호〉에서도 그 흔적을 찾아볼 수 있다.

90년대 초반, 칠레에 민주주의가 다시 돌아오고 그의 이름도 되살아난다. 칠레 문단에서는 95년, 97년, 2000년 세 번에 걸쳐 그를 노벨문학상 후보에 추천한다. 파라 본인도 다양한 활동을 본격화하는데, 전시회를 개최하기도 하고, 반시와 관련한 국제 학회에도 여러 차례 참여한다. 2006년에는 자신의 사상과 사회 문제에 대한 그의 비판적인 관점을 녹여 《테이블 위에서의 담화Discursos de Sobremesa》라는 시집을 발표한다.

2011년, 아흔일곱의 나이로 파라는 스페인어권의 노벨상이라고 불리는 세르반테스 상을 받는다. 2012년에는 파블로 네루다 시 문학상을 수상한다. 파라는 백 세가 넘은 지금까지도 시에 대한 열정을 간직한 채 살아가고 있다.

파라와 반시, 파라의 반시

니카노르 파라에게 반시란 단순한 수사법이 아니었다. 파라의 반시가 안티의 대상으로 삼았던 것은 20세기 전반기의 전위주의, 그중에서도 특히 초현실주의 시학이었다. 그는 여기에 더해 당시 모더니즘이 지니고 있던 시적 미학으로서의 숭고미를 파괴하고자 했다. 파라는 시를 쓰기 위한 특별한 언어를 따로 상정하지 않았다. 그에게 시는 없어서는 안 되는 생활필수품이었다. 그러므로 파라가 반시를 "초현실주의의 수액으로 풍요로워진 시"라고 했을 때 그 의미는 아이러니로 보는 것이 맞을 것이다.

파라의 시그니처라고 할 수 있는 반시. 그 태동은 1954년에 출판되어 현대 칠레 시에서 중추적인 역할을 담당한 두 번째 시집《시와 반시》에서 찾아볼 수 있다. 이 시집에는 시에 대한 파라의 접근 방식이 확연하게 드러난다.

파라의 반시의 특징 중 하나는 사회적인 주제가 이념성이 아닌 일상성을 띠고 있다는 점이다. 하지만 기존의 서정시에서 볼 수 있었던 내면적인 일상성과는 달리 공동체적인 일상성이 드러난다. 파라의 반시가 지향하는 일상성에는 감상성이 배제되어 있는데, 이는 서정시의 특징 중 하나인 음악성을 거부하는 태도에서도 찾아볼 수 있다. 그의 시에서는 이미지나 어휘에서 발생하는 반복적인 운율성이 그

다지 두드러지지 않는다.

이런 점은 파라의 반시에서 가장 두드러진 특징인 산문성에서 또한 잘 드러난다. 그는 연설문(〈자화상〉, 〈순례자〉)이나 여행기(〈기행문〉), 서간문(〈토마스 라고에게〉)에 이르기까지 다양한 산문 장르를 차용하여 시를 썼다.

파라와 볼라뇨와 나

21세기 들어 라틴아메리카와 유럽, 미국에서 가장 주목받는 작가 중 한 명이자 한국에서도 선집 형태로 여러 작품이 번역되어 있는 작가, 로베르토 볼라뇨. 그는 생전에 인터뷰나 에세이를 통해 니카노르 파라에 대한 경의를 여러 차례 밝혔다. 마지막 인터뷰에서는 이런 말을 남기기도 했다.

"파라를 읽는 강철 같은 청년들에게 감동받습니다."

볼라뇨의 팬인 나로서는 니카노르 파라 또한 읽어보고 싶은 마음이 컸다. 기왕이면 쉽게 읽을 수 있는 한국어로. 하지만 기존에 출간됐던 파라의 시집은 이미 절판되어 구해 읽기 어려웠고, 문예지나 시 선집에 드문드문 몇 편씩 소개되는 파라의 시는 감질나기만 했다.

그러던 차에 운 좋게 이번 파라 번역 작업에 참여하게 됐다. (기회를 준 인다출판사 측에 감사의 말을 전한다.) 물론 서문학을 전공하지도 않았고 스페인어 실력이 뛰어난 것도 아닌데 해도 되는 걸까, 하는 불안감도 없지는 않았다.

하지만 그보다는 설렘이 더 컸다. 볼라뇨의 말에 따르면 파라의 시를 한 자 한 자 한국어로 옮기는 동안 나 또한 강철 같은 청년이 될 수 있을 테니. 그리고 어쩌면, 이 시집을 읽게 될 많은 사람들 또한 더불어.

몇몇 분들의 도움이 있었지만 결국엔 나의 역부족으로, 이 시집에도 오역이라는 흠집이 존재할 것이다. 하지만 그것들이 강철 같은 청년들에게, 기왕이면 창조적 오독으로 작용할 수 있기를, 부끄러운 마음으로 기원해본다.

2017년 8월

박대겸

시와 반시

ISBN 979-11-960149-9-5 04870 979-11-960149-5-7(세트)

초판 1쇄 인쇄 2017년 9월 13일 | 초판 1쇄 발행 2017년 9월 20일

지은이 니카노르 파라

옮긴이 박대겸

펴낸이 최성웅

편집 장지은

교열 이다슬

디자인 김마리

펴낸곳 읻다

등록 제300-2015-43호. 2015년 3월 11일

주소 (04035) 서울시 마포구 양화로11길 64 401호

전화 02-6494-2001 **팩스** 0303-3442-0305 **홈페이지** ittaproject.com

이메일 itta@ittaproject.com

이 도서의 국립중앙도서관 출판예정도서목록(CIP)은 서지정보유통지원시스템 홈페이지(http://seoji.nl.go.kr)와 국가자료공동목록시스템(http://www.nl.go.kr/kolisnet)에서 이용하실 수 있습니다. (CIP제어번호: CIP2017023540)

책값은 뒤표지에 있습니다. 잘못된 책은 구입하신 서점에서 바꿔 드립니다.